KB197169

용사 파티에서 잘려서
고향에 돌아갔더니
멤버 전원이
따라왔다만

"진. 왜 나랑 같이
자려고 하지 않는 거야?
여행 중에는 옆에서 잤으면서."

레키
용사. 진의 무릎에 앉아
머리를 땋아주는 시간을
좋아한다.
BRAVE

"전…… 진 씨가
생각하는 만큼
착한 아이가 아니니까요.
진 씨에게
선택받을 수 있도록……."

유우리
성녀. 약삭빠르다.
진을 자주 놀리며
재밌어 한다.
SAINT

“무슨 소릴 하는 거
……너라서 좋은 거다.”

류시카
현자. 파티에서 누님
역할을 하지만, 사실은
어리광쟁이 같은 면도.
SAGE

CONTENTS

용사 파티에서 잘려서
고향에 돌아갔더니
멤버 전원이
따라왔다만
Yuusha Party wo KUBI ni natta node Kokyou ni Kaettara.
MEMBER ZENIN ga TSUITEKITA n daga
키노메
일러스트
노조미

커버 그림, 본문 일러스트 | **노조미**

Life 1-1

각자가 행복해지기 위한 추방

"진…… 너와의 여행은 여기서 끝. '용사' 레키 아리아스의 이름으로 파티에서 추방한다."

소꿉친구의 맑은 소프라노 보이스가 조용한 방에 울렸다.

그녀의 양옆에 앉은 두 사람도 이의는 없는지 조용히 지켜보고 있었다.

유우리, 류시카…….

두 사람도 나와 마찬가지로 레키를 도운 동료들이다.

그런 그녀들도 반론하지 않는다는 건 이미 결정된 사항이라는 뜻이다.

이렇게 말하는 나도, 지금이 적당한 시기라고 생각하므로 이의는 없다.

"……알았어. 지금까지 고마워, 세 사람 모두."

'용사'의 가호를 받은 레키와 '조숙'의 가호를 지닌 내가, 둘이 함께 작은 마을에서 여행길에 나섰다.

그 후 '성녀' 유우리와 '현자' 류시카가 동료가 되었고 여러 마왕군 간부를 쓰러뜨려 왔다.

처음에는 가호의 특성 때문에 내가 활약하는 경우도 많았지만, 싸움이 치열해질수록 발목을 잡는 경우가 많아졌다.

그런 내가 그녀들의 판단에 불만이 있을 리가 없다.

오히려 결심이 서지 않아 스스로 물러나지 못한 날 구해줘서 고

마을 정도다.

"진 씨. 당신의 의지는 저희가 이어가겠습니다."

유우리가 내 오른손을 잡아주었다.

지금까지 그녀의 상냥함에 여러 번 도움을 받았다.

"우린 널 최고의 동료라고 생각한다. 과거에도 현재도 미래에도. 이건 그 증표다."

류시카는 착용하고 있던 목걸이를 내 손에 쥐어줬다.

그녀가 엘프족의 부적으로 소중히 여기던 물건이다.

설마 그런 물건을 줄 줄이야…….

"나도…… 나도, 둘과 여행할 수 있어서 행복했어……!"

무심코 나올 것만 같은 눈물을 참고 앞으로 돌아섰다.

마지막으로 이 중에서 가장 오래 본 소꿉친구와 대화를 나누고 싶었기 때문이다.

"진, 약속은 기억하고 있어?"

약속…… 여행을 떠날 때, 나라의 신관에 의해 맺게 된 '걸림돌이 되면 파티에서 빠진다'는 계약을 말하는 건가.

평범한 마을 사람인 내가 '용사'의 동료가 된다는 일은 전대미문이었으니 말이다.

지금 생각하면 나라가 용케도 허락했다고 생각한다.

"그럼, 물론이고말고."

"그런가……. 그럼 다행이야."

문득 맥이 빠진 것처럼 레키가 미소 지었다.

그녀는 내가 이번 결정에 불만을 가지지는 않았는지 걱정됐을 것이다.

레키의 금빛 머리카락을 살짝 쓰다듬었다.

"괜찮아. 레키라면 분명 이길 수 있어."

"응, 그런 걱정은 안 해. 여기서 기다리고 있어. 쓰러뜨리면 데리러 올 테니까."

"그래, 고마워."

미소짓는 레키.

……이 얼굴을 가까이에서 보는 것도 이번이 마지막이다.

그녀는 데리러 온다고 말했지만, 그 말은 이루어지지 않을 것이다.

마왕을 쓰러뜨린 후, 그녀들은 영웅이 되어 나의 손이 닿지 않는 곳까지 올라갈 테니까.

이 세 사람과 지금처럼 대화하는 것마저 어려울 거다.

정말 분하다. 마지막까지 옆에서 싸우지 못한다는 사실이.

정말 섭섭하다. 그녀들과 함께 기쁨을 나누지 못한다는 것이.

"그럼 난 이제 방에 돌아갈게. 짐 정리를 해야 하니까."

여기에 너무 오래 있으면 미련이 남는다.

마음이 가라앉기 전에 그녀들 곁에서 떠나자.

"정말 고마워. 셋의 영광을 빌어."

미련을 떨쳐내고 힘없는 웃음을 지으며, 나는 문을 닫았다.

◇◇◇◇◇

진이 떠난 후, 유우리와 류시카가 방에서 나갔다.

둘 다 슬픈 표정이었다.

나도 같은 마음이다.

진은 옛날부터 쭉 내 편을 들어준 영웅.

'용사'의 가호는 몸에 강력한 힘을 부여하고 모든 능력의 한계를 초월한다.

제어할 수 없었던 이 힘 때문에 이단아 취급을 받던 나에게 다정하게 대해준 게 진이다.

'난 쭉 레키 편이야.'

'……정말? 쭉?'

'물론! 레키는 나의 소중한 가족이니까.'

'그럼…… 마왕을 쓰러뜨리면 결혼해 줄래?'

'그때까지 레키가 날 좋아한다면.'

'……꼭이야. 약속.'

5살 때부터 이어진 나의 소중한 기억.

진은 이 약속을 기억한다고 했다.

내가 용사의 길을 걷는 건 '용사' 가호를 알고서 태도를 바꾼 녀석들을 위해서가 아니다.

진과의 행복한 결혼 생활에, 평화를 위협하는 마왕이 방해됐기 때문이다.

진에게도 여신님의 가호가 있었다는 건 예상치 못한 행운이었고, 함께 여행할 수 있어서 일석이조였다.

하지만 그것도 여기까지.

마왕은 강하다. 만에 하나라도 진에게 무슨 일이 생기면 안 된다.

나의 최종 목표는 진과 결혼하고 아이를 10명 정도 낳아서 행복하게 사는 것.

그래서 진을 우리와 떼어놓기로 했다.

마왕은 하루면 쓰러뜨릴 수 있을 것이다. 적어도 지금 나는 그 정도로 기력이 넘쳐흘렀다.

마왕을 쓰러뜨리면 결혼. 마왕을 쓰러뜨리면 결혼…….

자연스럽게 기세등등해진다.

"웨딩드레스를 사야 해."

전부 진의 취향에 맞추고 싶다.

마왕을 쓰러뜨리고 돌아가면 진이랑 마을로 외출하자.

오랜만에 단둘이서.

유우리와 류시카는 괜찮은 동료지만, 두 사람이 합류하면서 진과 둘이 지내는 시간이 줄었다.

여행 내내 가장 섭섭했던 점이다.

"진…… 사랑해."

불을 끄고 침대에 누웠다.

행복한 미래를 꿈꾸며 잠에 들었다.

◇◇◇◇◇

——그렇게 귀여운 생각을 하고 있겠죠, 레키.

여행 동료이자 연적이기도 한 어린 용사님의 생각쯤이야, 간단히 꿰뚫어 볼 수 있답니다.

지금까지 진 씨에게 딱 달라붙어 있었는데, 마왕과의 싸움을 앞두고 파티에서 쫓아낸다는 말을 꺼냈을 때는 가짜 레키인가 하고 의심했지만, 그녀의 입장이 되어 다시 생각해 보니 금방 이해가 됐어요.

가장 사랑하는 사람을 잃지 않는 가장 현실적인 방법은 마왕과의 싸움에 데려가지 않는 것.

진 씨에겐 미안하지만, 그가 있든 없든, 전력에는 큰 차이가 없어요.

오히려 그가 안전하기에 마음에 여유가 생기겠죠.

우리 용사 파티가 패배하는 상황은 그를 잃어서 정신적으로 와해하는 순간뿐일 테니까.

레키는 내일 안으로 마왕을 처치하고 진 씨에게 고백할 생각이겠죠.

하지만 그렇게는 안 돼요.

“미안해요, 레키.”

당신과는 친구지만, 이것만큼은 양보할 수 없어요.

‘성녀’의 가호를 받아 여신의 환생으로 추앙받아 온 제 괴로움을 이해해 준 건 그가 처음이었어요.

매일, 매일, 어릴 때부터 보기에도 끔찍한 상처를 치료해 왔습니다.

계속해서 모르는 사람들의 고민을 들었습니다.

마음을 죽이고 살아온 절 걱정하던 그의 모습은 아직도 잊을 수가 없습니다.

'유우리의 이야기를 해주지 않을래? 즐거운 이야기든 괴로운 이야기든, 뭐든 좋으니까.'

'왜…… 그런 이야기를?'

'우린 여신님께 기도하듯이 유우리에게 기도하는데, 유우리는 누구에게도 의지할 수 없잖아. 그건 너무 가혹하지.'

'――――.'

'나 같은 녀석이라도 괜찮으면 의지해 줘. 유우리가 괴로울 때, 꺾일 것 같을 때, 곁에서 받쳐주고 싶어.'

'……제게, 그럴 자격이 있을까요?'

'허락하지 않는 녀석이 있으면 내가 두들겨 패줄게. 내가 힘이 되어주고 싶은 사람은 '성녀'님이 아니라 유우리니까.'

……후훗. 정말 상냥한 분.

그런 열기 담긴 말과 눈빛으로 다가오면, 저의 얼어붙은 마음도 녹을 수밖에 없겠지요.

"곁에서 받쳐주고 싶다니……! 후훗, 우후훗……!"

이건 프러포즈예요.

그때는 우느라 정신이 없어서 대답 못 했지만, 드디어 최고의 기회가 왔어요.

방에서 나가는 순간에 보인 그의 쓸쓸한 시선.

분명 차였다고 생각하고 상심했을 거예요.

안심하세요, 진 씨.

전 당신을 버리지 않아요.

지금부터 유우리의 모든 힘을 다해서 써서 치유할 테니까요!

'성녀'에게 필요한 처녀성? 그딴 거, 알 게 뭐죠?

처녀여야만 '성녀'일 수 있다면, 전 그딴 자리는 그만둘 겁니다.

지금부터 저는 진 씨와 뜨거운 첫날밤을 보낼 거니까요.

그리고 이건 두 사람을 위한 일이기도 해요.

마왕을 토벌하고 나면 지금처럼 쉽게 만나는 건 어렵겠죠.

하지만 제가 임신해서 진 씨를 '성녀'의 남편으로 승격시키면, 국가도 그를 함부로 대할 수 없을 거예요.

그러면 레키와 다른 사람들도 만나기 쉬워지겠죠.

뭐, 그때는 제 남편과 그냥 아는 여자 둘이라는 관계가 되어 있겠지만, 만나지 못하는 것보단 낫잖아요?

"레키는 잠들면 어지간해서는 깨지 않고, 류시카 씨는 착실한 사람이니 내일을 위해 준비하고 있겠죠."

그 사이에 제가 진 씨와 선을 넘어버리는 작전……!

제가 생각했지만, 이 얼마나 완벽한 작전인가요.

"그러면 몸을 깨끗이 하고 가도록 할까요."

난 최종 결전 전날이라고 하기에는 적절하지 않은 들뜬 기분으로 샤워실로 향했다.

텅 빈 진 씨의 방.

침대 위에 놓인 한 장의 편지.

'그는 제가 데려가니, 마왕 퇴치는 잘 부탁합니다. 류시카.'

"~~후훗······ 후후후후훗~~."

그 늙은 엘프가······!

난 그 자리에서 편지를 찢어 버리고, 자는 레키를 깨우러 서둘러 그녀의 방으로 향했다.

◇◇◇◇◇

나무들이 우거져 달빛조차 닿지 않는 숲속에 마법진이 전개되었다.

눈 부신 빛이 터지자, 우리가 보고 있던 풍경이 확 변했다.

전이 마법. '현자'만이 쓸 수 있는 고대에 실전된 비술을 사용한 나와 진은, 숙소에서 그가 지정한 지점으로 이동했다.

"괜찮아, 류시카? 정말로 바래다줘도?"

"물론 괜찮다. 나와 넌 마음을 나눈 친구가 아닌가. 이 정도는 대수롭지 않은 일이지.”

“역시 류시카는 다정하구나. 고마워.”

진은 그렇게 말하더니 꾸린 짐을 짊어지고 이쪽에 등을 돌려 걸어가기 시작했다.

그 순간, 난 칠칠치 못한 웃음을 지었다.

아아…… 머지않았다. 이제 곧 이 듬직하고 다정한 소년이 내 남편이 된다.

레키와 유우리는 어설프다. 특히 유우리는 이미 자기가 이긴 줄 알고 있었을 것이다.

아마 지금쯤 방에 둔 편지를 보고, 마왕을 쓰러뜨리러 서두르고 있겠지.

류시카 엘 리스티아. 엘프로 태어난 지 어언 2,8××년.

인간의 나이로 환산하면 약 28세. 난 엘프로서도 인간으로서도 ‘노처녀’에 접어들었다.

여성들은 보통 15세(엘프 기준으로 1,500세)가 되면 결혼하지만, 연구에 몰두했던 나는, 결혼에 관심이 없었다.

하지만 주변 사람들의 결혼식에 초대받고, 차례차례 가정을 꾸리는 모습을 거듭하여 보던 나는, 어느샌가 쓸쓸함을 느끼기 시작했다.

학생 시절 친구들의 연이은 결혼 소식. 하나같이 행복하게 웃는 얼굴들.

남편과 함께 식사하거나, 아이가 태어나 새집을 사거나, 가족

여행을 떠나 추억을 만들었다는 이야기들.
그야말로 따뜻한 가정의 형성.
나 또한 그녀들처럼 꿈에 젖어 상상을 부풀리지만, 정작 친구의 결혼식에서 돌아온 나를 기다리는 건 어두운 현관뿐.
대답이 돌아오지 않는 공허한 '다녀왔습니다'라는 목소리.
구석에 쌓여있는 빵빵한 쓰레기봉투.
작업실도 부족해서 거실까지 점령한 연구 서류들.
'아, 괴롭다.'
결국 내키지 않는 마음으로 부모님께 알선을 부탁했지만, 때는 이미 늦었다.
'현자'의 가호를 지니고 있어도 이렇게 나이 먹은 여자를 원하는 남자는 없을 테니까.
아니, 오히려 '현자'라서 기피당했을 것이다.
외모는 나이보다 젊게 보이지만, 그건 모든 엘프가 마찬가지다.
그렇게 맞선 자리조차 얻지 못한 나는, 포기하듯 '용사' 레키 일행과의 동행을 선택했다.
하지만 그곳에서 만난 남자, 진은 달랐다.
여행 도중에 내가 '노처녀'인 걸 자학하듯 농담거리로 쓰자, 그가 나에게 미소 지으며 이렇게 말해줬다.
'그래? 난 류시카처럼 배려할 수 있는 여자는 멋지다고 생각해. 분명 좋은 아내가 될 거야.'
'……그럼 내가 정말로 가망이 없을 때는, 진이 책임지는 걸로

하지.'

'나 같은 사람이라도 괜찮다면 기꺼이.'

이러니 좋아하게 되지……!

이뿐만이 아니다.

'류시카가 만드는 밥은 맛있네. 류시카의 남편이 될 녀석은 행복할 거야.'

'내 여자 취향? 글쎄? 연상이 좋을지도.'

'류시카는 언제나 의지가 돼. 도와줘서 고마워.'

이러면 결혼할 수밖에 없다.

난 그렇게 정했다.

그리고 이윽고 진과 단둘이 되기에는 최고의 기회가 찾아왔다.

전이 마법으로 진을 고향까지 데려다주겠다고 꾀어내서 부모님에게 인사를 한 후에, 서서히 거리감을 좁혀서 한 침대에서 자고, 사랑을 속삭이며 해피엔딩으로……!

완벽하다. 자신의 천재성이 두렵다.

"류시카?"

"아아, 아무것도 아니다. 자, 네 집으로 어서 서두르지."

"우리 집까지 오려고? 뭐, 그래. 아버지랑 어머니에게도 (의지가 되는 동료라고) 자랑하고 싶었는데, 좋은 기회네."

"인사……. 맡겨둬라. 예의범절도 대강 배웠다."

"그런데 시간은 괜찮아?"

"내일 아침에 돌아가면 문제없다. 이동도 마법으로 순식간이지.

마왕과 결전을 앞둔 상황에, 너와 조금이라도 친목을 다지고 싶다고 생각하는 건 나쁜 일일까?"

"아니, 엄청 기뻐. 솔직히 말하자면 나도 내 무력함에 조금 낙담하고 있었으니까."

"그런가…… 그렇다면 내가 위로해주지."

하룻밤을 들여서 찬찬히…….

이때를 위해서 수많은 참고 문헌을 닥치는 대로 읽어왔다.

서로 쾌락을 잘 얻을 수 있도록 지식을 쌓았다.

난 안심시키듯이 진의 어깨에 손을 올렸다.

"안내해 줄래?"

나의 제2의 고향이 될 곳으로.

◇◇◇◇◇

"저기가 내 집이야."

숲에서 걸어 나오니 탁 트이는 시야.

그때 최소한의 대책으로 둘러싸듯이 세워진 목책과 여기저기 흩어져 있는 오래된 가옥이 보였다.

가장 안쪽에 있는 집이 촌장으로서 마을을 이끄는 부모님이 사는 곳, 바로 내 집이다.

"과연. 나 역시 긴장되기 시작했어."

몸가짐을 단정히 했다.

“신경 쓰지 않아도 괜찮아. 우리 부모님은 무던한 면이 있으니까.”
“그럴 순 없지. 처음 만나서 하는 인사는 평생에 한 번뿐이니까.”
“하하, 호들갑스럽네.”
하지만 류시카의 의지는 대단했다.
마치 마왕군 간부와의 결전에 임하기 전이 아닌가 하고 착각할 정도였다.
“왠지 나까지 긴장되기 시작했어.”
마을을 떠난 지 어느덧 3년.
그렇다. 벌써 3년이나 보지 못했다.
세상을 구하라고 흔쾌히 배웅했는데, 도중에 탈락했다고 하면 어떤 표정을 지을까.
실망하지는 않을 거라고 믿고 싶다.
하지만 아버지라면 꿀밤 정도는 때릴지도.
더구나 레키를 두고 나만 돌아왔으니 더더욱 그럴 것이다. 달게 받아들이자.
“진?”
“아, 미안. 좀 심경이 복잡해서.”
“걱정하지 마라. 네 활약은 내가 증명하지. 진은 확실히 세상을 구해왔다. 가슴을 펴고 현관을 지나가면 된다.”
“류시카…….”
그녀는 ‘현자’다. 어쩌면 여기까지 내다보고 따라온 것일지도 모르겠다.

"대단한 대접은 못 하지만, 들어와."
난 그렇게 말하고 문을 열었다.
집에는 마지막으로 봤을 때보다 주름이 더 많아진 아버지와 어머니가 있었다.
둘은 이쪽을 보자 덜컹, 힘차게 일어섰다.
"진……? 진이냐……?"
"다녀왔습니다. 아버지, 어머니."
"어서오렴, 진……!"
부드러운 목소리와 함께 두 분은 미소로 날 맞이하셨다.
나는 내 걱정이 기우였다는 걸 깨달았다.
기뻐서 나도 모르게 두 사람을 끌어안을 것만 같았다.
하고 싶은 이야기가 많지만, 그 전에 소개해야 하는 인물이 있다.
나와 함께 세상을 구하는 여행을 한 동료 중 한 사람을.
"아버지, 어머니. 이 사람은——."
"처음 뵙겠습니다, 아버님, 어머님. 전 진과 약혼한 류시카라고 합니다. 오래오래 잘 부탁드립니다."
"어?!"
""에에에에에에엑?!""
내 말을 가로막을 정도로 큰 아버지와 어머니의 외침이 온 마을에 울려 퍼졌다.

◇◇◇◇◇

"크크큭. 네놈들이 이번 대의 용사인가."

나와 유우리는 오랫동안 세상을 혼돈에 빠뜨린 마왕과 대치 중이었다.

확실히, 마왕은 지금까지 싸웠던 마물들과는 비교가 안 되는 존재감과 위압감을 발산했다.

나는 힘든 싸움이 될 것을 예감할 수 있었다.

아니, 정확히는 제한 시간이 얼마 없다고 해야 할까.

목숨보다도 소중한 결혼 생활을, 누구도 아닌 동료에게 빼앗길 위기에 처했다!

그 사실이 우리의 의욕을 충만하게 했다.

왜냐하면 이 녀석을 쓰러뜨린 뒤에는 더욱 치열한 싸움이 기다리고 있기 때문이다.

"난 이 세상의 모든 마족을 다스리는 대마왕! 카이저 라류엘——우오옷?!"

"칫. 빗나갔나."

"이 자식, 용사가 기습이라니! 이런 비겁한……!"

"너한테 쓸 시간은 조금도 없어. 그러니 선택지를 줄게. 지금 죽을지. 나중에 죽을지."

"크크큭……! 그 젊은 나이에 훌륭한 살기로구나! 하지만 그런 협박이 나에게 통할 줄 아느냐?!"

역시 마왕은 격이 다르다. 지금까지 쓰러뜨려 온 마왕군 간부는 내 살기 앞에서 감히 웃지도 못했다.

이젠 '용사'로서의 사명을 완수하는 수밖에 방법이 없다.

진과 러브러브 신혼 생활을 보내기 위해!

"와라. 이 몸도 전력으로 상대해주마!"

마왕은 즐거워 보였다.

아직도 여유를 부리는 건가. 곧 죽을 운명인데.

"하늘에서 미소 짓는 싸움의 여신이여. 눈앞에 펼쳐진 모든 악을 무로 돌려라―― '엑스칼리버'."

"아아, 여신이여. 구원을. 심판을. 그에게 베풀라―― '영혼을 멸하는 노래'."

"아무것도 보이지 않고. 아무것도 들리지 않고. 아무것도 느껴지지 않는, 그저 아기처럼 몸을 안고 죽어라. 약자에게 영원한 어둠의 장막을―― '제로 판타즘'."

셋이 각자 날린 큰 기술.

우리의 가호가 발하는 성스러운 빛과 마왕의 부정함으로 탁해진 어둠이 부딪치자, 서로를 잡아먹을 듯 맞서 싸웠다.

'엑스칼리버'는 사용자의 감정에 따라 위력이 증가한다.

그래서 나는 평소에 감정을 억제하고 지냈다. 가장 중요한 순간에 감정을 해방해 폭발력을 얻기 위해서.

나는 진이 좋다. 이 세상 누구보다도 사랑한다. 결혼해서 행복한 생활을 할 것이라고 약속했으니까.

여기서 패배하면 모든 게 사라진다.

그건 싫다. 인정할 수 없다. 용납할 수 없다……!!

"아닛?! 어째서 점점 더 강해지는 거냐?!"

"……마지막에 이기는 건 사랑의 힘!"

어둠은 전부 빛에 먹혀서 성스러운 빛이 주위 일대를 뒤덮었다.

"이, 이런! ——크아아아아아아아아아악?!"

마족에게 성스러운 빛은 몸을 좀먹는 극독.

나와 유우리가 날린 빛의 격류에 휩쓸린 마왕은 비명을 지르면서 그 자리에서 뒹굴었다.

난 조심스럽게 다가가 검으로 마왕의 몸을 쿡쿡 찔렀다.

찌를 때마다 애벌레처럼 꿈틀대는 꼴이 우스웠다.

"자 그럼, 마왕. 이번 인류와 마족의 전쟁. 누구의 잘못인지 말해 봐라."

"크크큭…… 그야 우리 마족이야말로 정의——인류의 승리입니다. 아닛……?!"

마왕은 자신이 한 말에 놀라서 손으로 입을 막았다.

지금 마왕은 몸이 멋대로 자신의 의지와는 다른 말과 행동을 해서 놀랐을 것이다.

그것이 바로 '용사'들에게 주어진 성스러운 빛의 효능.

가호의 힘이 녀석의 정신을 착착 정화하는 것이다.

"그러면 앞으로는 마족도 인류를 위해 노력할 거죠?"

"웃기지——알겠습니다. 말씀에 따르겠습니다. ——젠장?!

대체 어떻게 된 거지?!"

자신이 차차 변해가는 현재 상황에 마왕은 심하게 혼란스러워했다.

마왕은 이미 자기 몸의 통제를 상실했다. 하늘에서 우릴 축복하는 여신님들의 소유가 된 것이다.

"이 상태라면 문제없을 것 같아. 착실하게 정화되고 있어."

"그럼 빨리 가요. 현지까지 안내해 주세요."

"육체 강화 마법을 걸어주면 데려가 줄게."

"알겠습니다. 아아, 여신이여. 우리에게 ~~은총을~~—— '축복의 노래'."

유우리가 '성녀'의 가호의 힘을 써서 내 힘을 더 끌어올렸다.

느낌을 확인하고 유우리에게 손을 내밀었다.

"꽉 잡아. 아마 우리 고향으로 갔을 거야."

"확실한 건가요?"

"믿어. 소꿉친구의 직감이야."

"그럼 어서 가죠!"

이제는 의식을 잃은 마왕을 내버려 두고, 나는 꾹꾹 힘을 모으듯이 몸을 웅크렸다.

이윽고 우리는 대지를 박차고 하늘을 날았다.

지금 난 꿈이라도 꾸고 있는 걸까.
“어머나. 류시카 씨는 정말로 진을 사랑하는구나.”
“솔직하게 말하려니 부끄럽지만, 물론입니다. 오늘도 빨리 부모님께 인사를 드리고 싶어서 마법을 써서 왔습니다.”
“그래? 허허, 이런 미인 신부가 생기다니, 좋겠구나, 진!”
당사자를 버려두고 신나게 이야기하고 있는 동료와 부모님.
게다가 한 기억도 없는 결혼 이야기를 하고 있다.
“류, 류시카!”
“왜 그러지? 난 너와의 미래에 대해 말해두고 싶었는데.”
“아니, 그게 이상하다고. 지적할 부분이 너무 많아서 난처한데, 먼저 그 얘기부터 해야지.”
“아, 그거 말인가. 그건 간단히 설명할 수 있지.”
어깨를 으쓱이고 어쩔 수 없다는 듯이 고개를 젓는 류시카.
“괜찮은가. 놀라지 말고 들어라.”
“알았어.”
“난 네가 좋다, 진.”
“잠깐! 왜 이야기가 그렇게 되는데! 전혀 맥락이 없잖아!”
손을 붕붕 저어 이야기하는 걸 막았다.
하지만 그녀는 그 손을 잡아서 움켜쥐더니 바로 이야기를 재개했다.
“진. 전에 내가 ‘정말로 결혼하지 못하면 받아주겠나?’라고 물었을 때, 네가 뭐라고 대답했는지 잊었나? 그때 너는 ‘기꺼이’라고 했다!"

"…………."

……그랬었지……!

확실히 그녀와 그런 대화를 나눈 기억이 있다.

하지만 그런 건 보통 농담으로 하는 말이잖아.

그리고 그녀에겐 아직 해야 할 일이 있다.

"마, 마왕은 어떡할 거야? '현자'인 류시카가 없으면 아무리 그 둘이라 해도……."

"그거라면 안심해도 된다. 진과 함께 하룻밤을 보내면 바로 합류할 예정이니."

"하룻밤?! 그, 그렇게까지 해?!"

"나, 난 진심이다! 진심으로 진을 좋아하고, 너밖에 없다고 생각하고 있다!"

이 얼마나 뜨거운 고백인가.

확실히 난 연상을 좋아하고, 류시카처럼 포용력 있는 여성이 멋지다고 생각한다.

하지만 그렇다고 갑자기 부부라니! 이런 일은 신중하게 생각해서…….

…………나쁘지 않은데?

"류시카."

난 그녀의 손을 꼭 쥐었다.

태도가 돌변하자 도리어 류시카가 당황하기 시작했다.

잘 생각해라, 진.
앞으로 나와 결혼하고 싶다고 말해줄 여자가 얼마나 더 있겠는가.
가슴부터 발까지 흘러내리는 슬렌더한 아름다운 몸매. 용모도 좋고 차분한 분위기도 훌륭하다.
무엇보다도 날 좋아하고, 나도 인간적으로 존경하고 있다.
이건 기회다. 앞으로 이런 여자는 다른 곳에서 찾으려고 해도 찾을 수 없을 거다.
"어라라~~? 둘 다 자기들만의 세상에 들어간 거 아냐~?"
"방해하면 안 되지, 여보."
"""……!!"""
부모님이 있다는 걸 잊고 있었다……!
부모님이 지켜보는 가운데 사랑을 속삭이는 건 아무래도 부끄러워서 난 손을 쥔 채로 류시카를 밖으로 데리고 나왔다.
뒤에서 '힘내~'라는 성원이 들려와서 문을 닫아 억지로 소리를 차단했다.
"지, 진?"
"미안. 둘이서만 제대로 이야기하고 싶어서."
후우…… 하고 숨을 내뱉어 가슴의 고동과 호흡을 가다듬었다.
……좋아, 괜찮아. 할 수 있어……!
"류시카는 진심으로 그렇게 생각하는 거지?"
"그, 그럼, 물론!"

"알았어."
마지막 확인도 했다.
내가 해야 할 일은 하나.
똑바로 마주하여 기분을 숨기지 않고 그녀에게 전한다.
영원히 미래를 함께 걷기 위해서.
"류시카…… 난 아직 널 좋아한다고 자신을 갖고 말할 수 없어."
"그래, 그건 나도 알고 있다."
"하지만 앞으로는 똑똑히 이성으로서 볼게. ……이런 나라도 괜찮아?"
"무슨 소릴 하는 거냐. 나는 너라서 좋은 거다."
그녀는 눈을 감았다. 살짝 내민 입술도 서투르지만 내 마음에 응해주려는 것 같아 사랑스러움을 느꼈다.
그녀의 양팔을 붙잡았다. 움찔 떨렸지만, 그 떨림도 금방 가라앉았다.
새삼스럽게 정면에서 보니 예쁜 얼굴이다.
그런 생각을 하면서 난 그녀에게 서서히 얼굴을 가까이했고――.
"그건 절대로 용납 못 해……!"
"진 씨~!!"
"푸학?!"
어디선가 나타난 레키와 유우리가 내 옆구리를 들이받았다.
"크흑…… 커헉……."
나는 그대로 튕겨 날아가 바닥을 구른 끝에 나무에 몸을 부딪

쳐서 겨우 멈췄다.

진짜 뼈가 부러지는 줄 알았다.

온몸에 통증이 느껴졌다.

농담이 아니다. 무려 용사와 성녀의 공격이다.

"진?!"

류시카가 걱정해서 나에게 달려왔다. 쪼그리고 앉더니 바로 '힐링'을 써줬다.

아아…… 고통이 잦아들어 간다.

"진 씨, 괜찮아요?!"

"진! 죽지 마……!"

너희 때문에 이렇게 된 건데…….

두 사람은 엄청나게 걱정스럽게 내 손을 쥐고 있었다.

"이봐, 둘 다! 방해되니까 물러나 있어!"

"치료는 제가 더 잘하니까, 류시카 씨야말로 그만 하세요. 같은 계통의 마법을 이렇게 가까이에서 전개하면 효과가 상쇄되잖아요!"

"상쇄는 무슨! 너야말로 그냥 흑심을 품고 있을 뿐이잖아!"

"흑심이라뇨! 제가 치료해서 나중에 뇌가 녹을 정도로 칭찬을 받으려고 했을 뿐이에요!"

"그럼 그렇지! 비켜, 불순성녀! 역시 내가 해야겠어!"

"어라~?! '힐링'은 환부에 닿을 필요가 없는데, 왜 옆구리를 만지고 있는 거죠~?! 손놀림도 이상하네요!"

"둘 다 방해돼. 진, 내가 인공호흡 해줄게."
""지금은 인공호흡은 상관없잖아(없잖아요)!!""
저기, 세 사람……?
날 걱정하는 마음은 고맙다. 동료가 이렇게나 생각해주니 난 행복한 녀석이다.
하지만 지금 치료를 중단하지는 마세요.
아직 아픔이 사라지지 않았어요…….
옆구리 외에도 머리나 목이 아픈데…… 아아, 안 돼. 의식이 흐려진다…….
"애초에 류시카 씨가 우리 몰래 이러지 않았으면, 어? 진 씨?!"
"진……! 진……!"
"정신 차려, 진?! 이봐, 죽지 마아~!!"
마지막으로 시야에 비친 것은 눈물을 흘리면서 필사적인 얼굴로 내 몸을 흔드는 세 사람의 모습이었다.

"유우리, 어때?"
"진은 무사해?"
우린 눈을 감은 진 씨를 진지한 표정으로 바라보고 있었다.
사람을 치료하는 게 본업인 나는 그의 손목을 잡고 가슴에 살짝 귀를 댔다.

만일의 사태가 일어나서는 안 된다.
아주 조심스럽게 진 씨의 무사를 확인했다.
"……후우. 이걸로 끝이에요."
진 씨가 기절하는 바람에 임시 휴전을 맺고 전문가인 내가 '힐링'의 최상위급인 '치유의 노래'로 치료했다.
내 보고를 듣고 두 사람은 안심하여 가슴을 쓸어내렸다.
"다행이야. 진이 무사해서."
"정말로요. 그러니까 여러분은 좀 더 침착하게 행동하세요."
"이 상황을 만들어 낸 너희가 잘도 그런 말을 하는구나……."
질렸다는 듯이 어깨를 으쓱이는 류시카 씨.
뻔뻔하네요. 당신이 선수 치지 않았으면 이런 일은 일어나지 않았을 거라고요?
이렇게 깔끔한 누워서 침 뱉기가 있을까요.
레키가 그런 그녀를 추궁하듯이 거리를 좁혔다.
"그러는 류시카야말로 얼굴을 그렇게 가까이해서 뭘 하려고 한 거야."
"어?! 그, 그건, 그러니까~."
"애초에 류시카 씨가 맨 먼저 선수를 친 게 문제 아닌가요? 우리한테 마왕 토벌을 떠맡기고……!"
"에잇, 어쩔 수 없잖아! 이 기회를 놓치면 다음에 단둘이 있을 수 있는 게 언제가 될지 알 수 없는데!"
"지식으로밖에 모르는 노처녀 엘프는 감당할 수 없는 일이니

얌전히 있으세요."
"뭐? 그럼 유우리는 경험 있어?"
"무슨 소리죠? 당연히 없는데요?"
왜인지 류시카 씨가 황당한 표정을 지었다.
너무한 사람이네요.
전 신자 분들의 생생한 경험담을 셀 수 없을 정도로 들어왔어요.
책만 읽는 류시카 씨하고는 다르다고요, 류시카 씨하고는.
"그러니 벌로, 왕성에 토벌 보고는 류시카에게 맡긴다."
레키는 그렇게 말하더니 진 씨를 공주님을 안듯이 안았다.
"잠깐, 제일 중요한 용사가 빠지면 어쩌자는 거야! 너도 따라와."
"싫어."
"아뇨, 류시카 씨의 말이 지당해요. 진 씨는 제가 돌볼 테니, 두 분은 걱정하지 말고 왕도로 가세요."
"뭐라는 거야, 이 음란성녀가."
"영양분이 전부 가슴으로 간 여자 주제에."
"뇌에 근육이 들어찬 용사와 절벽 엘프의 헛소리는 들을 가치가 없군요."
"하! 류시카, 먼저 유우리를 상대로 운동 좀 하지 않을래?"
"우연이네. 나도 마침 새 마법을 시험해보고 싶었어."
웃으면서 하는 말이 너무 뒤숭숭하지 않나요?
3년이나 함께 여행한 동료의 인연은 어디로 가버린 걸까요.
"애초에 류시카 씨는 순간전이 마법이 있으니까, 오래 걸리지도 않잖아요."

"그 잠깐 사이에 무슨 짓을 할지 우려되니까 싫어."

"제가 무슨 서큐버스라도 되는 줄 아세요?"

"아니라고도 할 수 없지 않나? '변녀' 님?"

"……언젠가 여러분과 결판을 낼 필요가 있다고 생각하고 있었어요, 전."

"둘 다 그만해."

레키의 분노를 품은 눈동자가 우릴 꿰뚫어 봤다.

진지함을 띤 얼굴을 보고 깜짝 놀랐다.

그래요. 진 씨를 기절시키고, 급기야 추하게 말싸움하고…….
우린 뭘 하는 걸까요.

우린 그저 그와 함께 웃을 수 있다면 그걸로 충분한데……. 그 즐거운 시간을 더 나누고 싶어서…….

이대로는 안 되겠어요. 똑바로 반성하고——.

"이대로 언쟁을 반복하면 내가 진과 밤을 함께할 시간이 줄잖아."

"——예 예! 이제 가위바위보를 하죠, 가위바위보로 정해요! 이긴 사람이 남는다! 알겠죠?!"

두 사람도 평행선을 달리는 논쟁이 지긋지긋한지 순순히 고개를 끄덕였다.

각자가 팔을 높이 들었고 내가 시작하는 구호를 외쳤다.

"그럼, 갑니다. 가위, 바위."

“““““보!!”””””

그 직후, 한 사람의 기쁨이 담긴 굵은 포효가 온 마을에 울려 퍼졌고, 한동안 마물이 나온 게 아닌가 하는 소문이 돌았다고 합니다.

누구일까요, 우후훗.

작은 새의 노랫소리가 들린다.

낡은 천 조각으로 다 가려지지 않은 창문으로 햇빛이 방을 비췄다.

아침을 알리는 현상에 이끌려 의식이 깨어나기 시작했고, 난 먼저 위화감을 느꼈다.

무, 무거워…….

몸이 침대에 묶인 것처럼 하반신에 불편함을 느꼈다.

대체 뭐가…… 어?

어떻게든 목을 움직이니, 내 고간을 베개로 삼아 잠든 유우리가 보였다.

“왜, 왜 유우리가 여기에……?”

“응…… 으응…….”

지금 그녀는 나에게 기대는 형태로 있다. 잠자리가 불편한지 몸을 움직였다.

그 때문에 유우리의 몸에서 가장 부드러운 부분이 꾹꾹 누르는 형태가 되어 있었다.

크, 큰일이다! 이 자세는 굉장히 좋지 않다!

"유우리……! 일어나!"

네가 일어나지 않으면 나의 분신이 일어나버려……!

하지만 그녀는 전혀 일어날 기색을 보이지 않았다.

평소에는 가장 잠에서 잘 깨서 같이 아침밥 만드는 걸 도와줬는데, 왜 하필 이럴 때만 깊은 잠에…….

이렇게 된 이상, 강경 수단을 쓴다.

그녀를 살짝 옮기려고 몸을 움직이려는 순간, 붕대에 감긴 내 손발이 시야에 들어왔다.

그 순간, 탁류처럼 어젯밤의 기억이 한 번에 흘러들어왔다.

"아 그랬지, 참."

류시카에서 고백받아서 키스하려고 했더니, 레키와 유우리가 나타나서 방해했다.

그리고 결국 너무 아팠던 나머지 나는 세 명이 말다툼하는 사이에 기절…… 과연.

아마 유우리는 날 간병하다 잠든 모양이다.

내가 방에 누운 기억이 없는 것도 이걸로 설명이 된다.

"흠……."

하지만 사정을 알았다고 해도 당장 곤란한 상황은 변하지 않는다.

"조금만 움직여도 닿을 거 같은데……."

아무리 그녀가 자기 의지로 왔다고 해도, 내가 먼저 가슴을 건드릴 수는 없는 노릇이다.

"쿨…… 쿨……."

자면서 규칙적으로 숨소리를 내는 유우리에게 조금씩 팔을 뻗어나갔다.

그녀의 몸을 살짝 들어 올려 구속에서 벗어났다.

가슴은 닿을 수 없으니 어떻게든 어깨를…….

이거, 누가 보면 내가 자는 애를 덮치는 줄 알겠――.

"어~이. 슬슬 일어……."

"…………."

"……천천히 내려오거라."

"아니야! 그런 거 아니야, 아버지! 오해라고!"

큰 소리를 지르며 제지했지만, 아버지는 듣지 않고 굳은 웃음을 지은 채로 문을 탕 닫고 거실로 돌아갔다.

지금쯤 어머니와 함께 아들의 부정을 한탄하고 있을까. 아니면 새로운 며느리 후보가 있다며 기뻐하고 있을까.

두 사람의 성격을 생각하면 후자일 것 같은 느낌이 든다.

애초에 유우리가 나에게 이성적으로 호의를 품고 있을 리가 없나.

"음…… 흐아암……."

쥐 죽은 듯이 조용해진 방에 울리는 달콤한 목소리.

기지개를 켜기 위해 가슴을 쭉 펴서 강조되는 가슴.

그런 흉악한 무기를 가지고 있는 사람은 단 한 명, 유우리뿐이다.

"앗, 안녕하세요, 진 씨. 몸은 어떠세요?"

"지금은 괜찮아. 유우리가 치료해줬지? 고마워."

"아뇨, 폐를 끼친 것도 저니까요……. 진 씨는 앞으로 어떻게 지낼 생각이에요? 괜찮으면 저도 함께하고 싶어요."

"알았어. 오늘은 마왕 토벌을── 아, 그래! 마왕 토벌!!"

태평하게 대화하고 있었지만, 오늘은 마왕 토벌 결행일.

왕국이 총력을 다해 병력을 모아 마왕군에게 총공격을 가한다.

그녀는 여기에 있어서는 안 되는 인물.

레키와 류시카와 함께 기수가 되어 마왕과 사투를 벌이고 있어야 할 텐데…….

"왜 유우리가 여기에 있는 거야! 마왕 토벌은 어쩌고?!"

"마왕은 이미 토벌했어요."

"……어? 토벌했다고?"

"제가 진 씨에게 거짓말을 한 적이 있나요?"

"없지."

"그런 거예요."

그게 말이 되나……? 오랫동안 인류를 괴롭힌 마왕이 그렇게 순식간에……?

우리 파티 너무 세잖아…….

너무나도 충격적이라서 당장은 사실을 소화할 수 없었다.
"지금 레키랑 류시카 씨가 토벌 보고를 하러 갔어요. 전 집을 보는 역할을 맡았어요."
"그건 유우리도 가야 하잖아. 나 같은 걸 신경 쓸 때가 아니라고."
"괜찮아요. 전부 류시카 씨에게 맡겼으니까요. 우리의 앞날에 대해서 이것저것 말이죠."
그녀는 그리고, 라면서 이어서 말했다.
"'나 같은 것'이라는 말은 하지 마세요. 저의 소중한 사람이 스스로를 안 좋게 말하면…… 슬퍼요."
"지금 중요한 건 그런 게……."
"알겠죠? 약속해주세요."
유우리는 내 손을 살짝 잡고 풍만한 가슴 앞에서 꼭 쥐었다.
그녀의 눈동자에는 슬픔과…… 드물게도 분노가 보였다.
그만큼 그녀가 진심이라는 걸 깨닫고 자신의 나약함을 반성했다.
"……미안해. 유우리 앞에서는 두 번 다시 자신을 비하하지 않을게."
"네. 약속이에요."
그녀는 약속할 때 항상 이렇게 새끼손가락을 건다.
이게 무슨 의미인지는 모른다. 여신님에게 배운 의식이라는데. '성녀'의 자격을 가진 자에게만 전해지는 비밀 같은 것일 것이다.
유우리는 나와 약속을 할 수 있어서 기분이 좋은 듯했지만, 내

팔에 감긴 붕대를 보고 웃는 얼굴에 그림자가 드리웠다.
"어젯밤엔 죄송해요. 둘의 그런 모습을 보고 이성을 잃어서 그만……."
축 낙담해서 사과하는 유우리.
마왕 토벌의 위업을 달성했는데 날 걱정하다니. 그게 그녀가 '성녀'인 이유겠지만.
그녀는 다른 사람의 배 이상으로 수많은 아픔을 접해온 만큼 다른 사람의 아픔을 잘 아는 아이이다.
그래서 이렇게 필요 이상으로 자신을 탓하는 버릇이 있다.
"괜찮아, 유우리. 걱정해줘서 고마워."
"……네, 고맙습니다."
머리를 쓰다듬자, 그녀는 빙긋 웃었다.
유우리의 웃음은 태양처럼 사람을 비춰준다.
이렇게 훌륭한 아이에게 부정한 마음을 품을 뻔한 자신을 부끄러워하고 싶다.
"진 씨는 앞으로 어떻게 할 건가요? 더 쉬실 건가요?"
"아니, 이제 일어나야지. 너무 놀라서 잠이 깼어."
"그러면 아침을 먹어요. 사과하는 뜻으로 오늘은 제가 만들게요."
"나도 도와줄게. 유우리한테 전부 떠맡길 수는 없으니까."
그렇게 말하자 유우리는 기쁨을 표현하듯이 뽕 뛰고 내 손을 잡아당겼다.

이별을 각오한 동료가 지금도 곁에 있다.
그 사실에 나도 모르게 웃음을 흘렸다.
"어머, 진 씨. 웃는 얼굴이 정말 멋져요. 혹시……."
"혹시?"
"제가 곁에 있는 게 기쁜가요?"
"음, 그럴지도? 유우리랑 이렇게 또 이야기할 수 있어서 기뻐."
"네엣?! 지, 진 씨, 그건 저한테 러브……? 때가 온 걸까? 지금이라면 넘어뜨려도 되는 걸까?!"
"자, 거실로 가자. 아마 어머니랑 아버지가 기다리실 거야."
유우리는 걸음을 멈추고 뭔가 중얼거리고 있었지만 내가 부르는 소리에 반응하고 함께 계단을 내려왔다.
"좋은 아침── 어라, 아무도 없네?"
"정말이네요. 이미 일하러 가셨을까요?"
"그럴지도. ……테이블에 뭔가 있네."
테이블에 있던 목판을 들어서 살펴봤다.

『진과 유우리에게
아버지는 어머니를 데리고 저녁에 먹을 산나물을 캐러 나갔다가 올 겁니다.
마을 사람들도 사냥하러 가거나 물을 길으러 갔습니다.
모두 한동안 돌아오지 않으니 안심하세요.
여행 동료와 즐겁게 떠들어도 안 들리니까 목소리를 참지 않아도 괜찮단다.

P.S. 집에 있는 식재료는 마음대로 써도 되니까 체력을 길러 놓거라.

아버지와 어머니가』

이런 배려가 제일 거북해……!!

적혀있는 문장을 읽어보니, 부모님이 쓸데없는 배려를 했다는 내용이었다.

이상한 데서 촌장의 권력을 내세우지 말라고.

그리고 대체 마을 사람들에게는 뭐라 설명한 건데.

"아버님과 어머님이 뭐라고 하시나요?"

유우리가 뒤에서 엿보려고 해서 황급히 보지 못하게 숨겼다.

이런 걸 들키면 그녀가 경멸할지도 모른다.

부모님이 그런 상황을 만들려고 하다니……!

"아, 아무것도 아니야. 잠깐 저녁밥 재료를 조달해 온대."

"그런가요. 필요하시면 저희가 갔을 텐데."

"아마 오랜 여행을 하느라 지친 우리가 쉬길 바랐을 거야. 호의를 받아들이자."

"후훗, 그렇군요."

후…… 어떻게든 잘 무마했다.

유우리는 일어나더니 천을 꺼내 긴 머리카락을 뒤로 한 갈래로 꽉 묶었다.

"자, 아침 먹어요. 희망하는 요리는 있어요?"
"구운 달걀이랑 햄, 채소를 넣은 빵을 먹자. 난 재료를 썰 테니까 유우리는 달걀을 구워줄래?"
"알겠어요."
속으로 '슬라이스'라고 주문을 외우자, 손가락 끝에서 나온 바람이 목판을 네 조각으로 절단했다.
이걸로 증거 인멸 완료.
소매를 걷고 주방에 나란히 서서 작업을 시작했다.
통통통, 식칼이 도마에 닿는 소리.
치익~ 타닥타닥 하고 푼 달걀이 튀는 소리.
지금까지 신경도 안 쓰였던 생활음이 선명하게 들리는 조용한 공간.
"이런 분위기도 좋네. 긴장하지 않아도 되고."
"여행하는 동안에는 경계심을 풀 수가 없었죠. 음~! 마음이 편해요."
약간의 움직임으로 여전히 출렁출렁 흔들리는 흉악한 그것에서 눈을 돌리고 손에 집중했다.
"……마왕이 정말로 없어졌구나……. 실감이 안 나."
"지, 진 씨를 파티에서 뺀 것도 나름 진지한 이유가 있다고요? 다들, 당신이 죽지 않길 원해서……."
내가 추방당한 것에 대해 화내고 있다고 착각했는지 유우리는 당황해서 사정을 설명하기 시작했다.

"미안 미안, 전혀 신경 안 쓰니까 안심해."

"저, 정말~."

머리를 쓰다듬자, 그녀는 간지러운 듯이 살짝 웃었다.

……그러고 보니 항상 보는 '성녀' 옷차림이 아닌 그녀를 보는 건 오랜만이네.

평소에는 검은색을 기조로 한 드레스를 입지만 지금은 정반대인 흰색 앞치마를 착용하고 있다.

오래된 어머니의 앞치마도 모든 것을 포용하는 모성을 지닌 유우리에게 잘 어울린다는 느낌이 들었다.

이런 아내가 있으면 인생이 화사해지겠지……. 나하고는 인연이 없겠지만.

"……지, 진 씨?"

"아, 미안. 지금 유우리의 모습이 신선해서 넋 놓고 보고 말았어."

"후훗, 괜찮아요. 얼마든지 봐도. 지금도…… 앞으로도."

"정말? 그렇다면 기대할게."

그렇게 담소를 나누다 보니 금방 아침밥이 다 됐다.

딱딱한 빵을 네 조각으로 나누고, 각 조각 사이에 재료를 넣을 공간을 만든다.

잎채소, 햄을 채우고…….

"흘리지 않게…… 살살 살~살. ……다 됐어요!"

마무리로 유우리가 달걀을 얹으면 완성이다.

마실 것을 컵에 따라서 테이블에 옮기고, 다시 나란히 자리에 앉았다.

""잘 먹겠습니다.""

"음, 맛있어. 단순한 게 최고야, 역시."

"들나물도 아삭아삭해서 맛있어요!"

빵이 좀 딱딱하지만, 이것도 나름 묘미라고 할 수 있다.

한창 먹을 때인 우리는 팍팍 먹었다.

아침 식사는 눈 깜짝할 사이에 사라졌다.

느긋하게 식사하는 게 오랜만이라서 더 맛있게 느껴졌다.

"이렇게 여유롭게 지낼 수 있는 아침이라니, 얼마 만일까요?"

"먹는 도중에 습격당하거나 먹고 나서 바로 준비하거나 했었지."

"처음엔 익숙하지 않아서 배에서 난리가 났던 씁쓸한 기억이 있어요."

"이젠 그럴 일도 없는 건가."

"평화로워서 좋네요."

"동감이야."

"세상이 평화로워지면 진 씨는 고향에 돌아와서 어떻게 할 생각이었어요?"

"그냥 느긋하게 지낼 생각이었어. 채소를 키우고, 사냥하고, 가끔 밥을 챙겨서 멀리 외출하고……. 싸움이 끝났으니까, 지금까지 못 해본 걸 해보고 싶었거든."

"지금까지 못 해본 것……."

"그래. 유우리는 해보고 싶은 거 없어?"
"아이 만들기를."
"뭐?"
"크흠! 미안해요, 혀가 꼬여서…… 에헷."
유우리는 부끄러운 듯이 혀를 낼름 내밀었다.
하하하, 그렇지.
유우리가 아침부터 '아이 만들기'라고 말할 리가 없지.
머리를 부딪친 영향이 아직 남아있는 걸까?
"전 지금처럼 느긋하고 차분하게 장래에 관해 이야기할 수 있으면 좋겠어요. 멋진 시간이라 생각하지 않아요?"
"그래. 나도 할 수만 있다면, 앞으로도 쭉 이런 시간을 보내고 싶어."
"——!"
"아까도 실은 유우리랑 결혼하면 이런 아침을 함께 보낼 수 있지 않을까 하고 생각했어."
"——?!?!"
유우리의 얼굴이 새빨갛게 물들었다. 귀 끝까지 붉은빛을 띠었다.
아, 이런. 류시카의 고백을 받은 탓에 지나치게 방심하고 있었다.
나 같은 게 갑자기 이런 말을 하면 기분 나쁘겠지.
스스로를 비하하지 않겠다고 말하긴 했지만, 이건 아무래도 사과해야만 한다.

"미, 미안! 이상한 말을 해버렸어……!"
"진 씨도 참. 아직 잠이 덜 깼나요?"
"진짜 미안. 잠깐 세수 좀 하고——."
"——우린 이미 신혼이니까 앞으로 얼마든지 함께 지낼 수 있어요."
그래 맞다, 나와 유우리는 이미 결혼했으니까 마음대로—— 뭐라고?
"잠깐만."
나는 결혼한 기억이 없는데. 이 기시감은 뭐지!
서, 설마……?
"저는 그날의 일을…… 한시라도 잊은 적이 없어요. 진 씨가 해준…… 뜨거운 프러포즈를……!!"
내가 모르는 업보가 또 있단 말인가?!
"…………."
열띤 황홀한 시선이 꽂혔다.
웃는 얼굴로 대응하고 있지만, 가슴 속에서는 비명을 연발하고 있었다.
아, 아직이다. 당황하지 마라, 진 가이스트.
어쩌면 유우리는 사정이 복잡하게 얽혀서 착각한 것일지도 모른다.
냉정하게 생각해라. 성급하게 결단을 내리지 말고 그녀의 이야기를 듣자.

"진 씨는 말했어요. '유우리가 괴로울 때, 꺾일 것 같을 때, 곁에서 받쳐주고 싶어'라고."

망했다, 이미 퇴로가 막혔어……!

심지어 나조차 방금 기억이 났어!

하지만 어째서 이게 프러포즈가 되는 거지.

친한 사람을 곁에서 받쳐주고 싶다고 생각하는 건 평범한 일일 텐데……!

"……그렇죠. 역시 제 마음도 말로 표현해야겠죠."

내 반응이 좋지 않은 걸 알아차려서 그런지 그녀는 날 돌아봤다.

그 표정은 완전히 사랑에 빠진 소녀의 표정이었다.

아무리 나라도 알 수 있다. 유우리가 무슨 말을 하려는 건지.

"사랑해요. 저도 진 씨와 함께 도와주고, 도움을 받으면서……언제까지나 서로 의지할 수 있는 부부로서 당신과 살아가고 싶어요."

솔직하게 표현한 순수한 감정은 마음에 닿아서 따뜻하게 감싸줬다.

이렇게나 귀여운 아이에게 좋아한다는 말을 듣고 기쁘지 않을 남자가 있을까.

"유우리……!"

지금까지 쭉 함께 여행을 해왔는데 처음 보는 그녀의 표정.

농담도, 놀리는 것도 아니다. 그녀는 진심이다.

그래서 내 심장은 쿵쿵, 심하게 고동쳤다.

이미 류시카에게 프러포즈한 것으로 되어 있는데, 다른 여자에게도 프러포즈를 했다? 이건 그냥 양다리잖아!!

좋아, 그냥 솔직하게 말하겠다. 사실 난 둘 다와 결혼하고 싶다!

하지만 중혼은 귀족의 특권이다. 일개 평민인 나는 류시카와 유우리 중 한 명을 선택해야만 한다.

하지만 이런 상황에 그런 중대한 문제를 즉답할 수 있을 리가…….

"아마 류시카 씨한테도 고백받았겠죠."

"……난 그렇게 알기 쉬운가."

이미 들켰다니! 나는 그렇게 알기 쉬운 걸까. 허탈한 웃음이 나올 것 같다.

유우리는 고개를 좌우로 붕붕 저었다.

"알죠. 그야 좋아하는 사람인걸요."

그렇게 말하고 '성녀'의 칭호에 부끄럽지 않은, 우는 아이도 달랠 수 있을 것 같은 부드러운 미소를 지었다.

"3년 동안 계속 봐왔는걸요. 당신은 다정한 사람이니까, 분명 고민할 수밖에 없겠죠."

"……전부 다 알고 있었구나."

"분명 레키와 류시카 씨도 돌아오면 제가 고백했다는 걸 알아차릴 거예요. 둘 다 똑같은 정도로 진 씨를 소중히 여기니까요."

그녀의 작은 손이 내 손을 만졌다. 아주 조금 차갑다.

손이 포개어지고, 더듬듯이 손가락을 쓰다듬고, 손끝을 꼭 쥐었다.
“하지만, 그렇기 때문에 이 마음만큼은 양보할 수 없어요.”
그리고 날 힘껏 잡아당겼다.
갑작스러웠기 때문에 균형을 잃은 난 그대로 앞으로 넘어져 그녀의 풍만한 가슴에 붙잡혔다.
중력을 거스르지 못하고 부드러움에 얼굴이 파묻혀 갔다.
“유, 유우리?”
“들려요? 제 심장 소리. 엄청 두근거리고 있어요.”
미안하지만 그럴 경황이 아니라서 모르겠는데……!
내 심장 소리가 너무 시끄러워서 누구의 소리인지 판별이 안 됩니다!
“있잖아요, 진 씨. 지금은 단둘이고 아무도 안 와요. 마을 분들도……. 이런 기회는 좀처럼 오지 않을 거예요.”
아뿔싸, 편지 내용을 이미 알고 있었나?!
“저는 진 씨가 생각하는 만큼 착한 아이가 아니니까요. 진 씨에게 선택받을 수 있도록…….”
내 머리를 살짝 쓰다듬었고, 그녀의 손가락은 그대로 내려가 목덜미를 쓱, 쓰다듬었다.
후우우…… 하고 귓가에 숨을 불어넣었다.
“제가 없으면 살아갈 수 없게 될 정도로 흐물흐물하게 녹여버릴 거예요.”
스르륵 하고 천이 스치는 소리가 들렸다.

어어어어?! 뭐 하는 거야, 유우리?!

젠장! 시야가 가슴에 막혀서 아무것도 안 보여!

위험해! 이성이 떨어지라고 하는 데 본능이 거부하고 있어!

"괜찮아요, 진 씨. 저에게 몸을 맡겨요──."

"다녀왔습니다."

"──꺄악?!"

"우오오옷?!"

우린 둘만의 세계에 들어갈 뻔했지만, 갑자기 끼어든 목소리에 무심코 서로의 몸을 밀어내서 순간적으로 거리를 벌렸다.

목소리가 난 쪽을 보니 레키가 이쪽에 의아해하는 시선을 보내고 있었다.

사, 살았다……!

고마워, 레키.

덕분에 답을 내지 않은 채로 육욕에 빠지는 최악의 남자가 되는 일은 피했어.

나는 가슴을 쓸어내렸다.

"……둘이 뭐 하고 있었어?"

"아, 아무것도? 내가 넘어질 뻔한 걸 유우리가 잡아줬어."

"흐음……? 수상한데. 하지만 용서해줄게. 난 도량이 큰 아내니까."

"……아내?"

"응."

"누구의?"
"진의."
흐름을 따라가지 못하는 날 방치하고 레키는 말을 계속했다.
"진, 우리의 결혼식장이 정해졌어."
——세 다리 확정!
레키, 너도냐……!
브이 사인을 만드는 소꿉친구의 모습에 난 더 이상 폭포처럼 줄줄 흐르는 식은땀을 멈출 수 없었다.
"왜 그래, 진. 왠지 땀이 엄청 나는데. 열 나?"
"아, 아니, 아니야. 갑자기 레키가 나타나서 놀랐을 뿐이야."
"오~. 서프라이즈 성공. 브이 브이."
무표정으로 깡충 뛰는 레키.
무표정이라서 알기 어렵지만, 저건 기뻐하는 거다.
이 광경은 흐뭇하지만, 나는 도저히 웃을 수가 없다.
'나도 모르는 사이에 세 다리를 걸친 쓰레기 남자가 됐어……!!'
나의 뇌는 과도한 충격에 생각을 포기하려 하고 있었다.
그러니 다리의 떨림도 설레서 떨리는 것이고, 끝없이 흐르는 땀도 신진대사가 좋아서 그런 것일 뿐이다.
결코 자신이 놓인 상황에 겁먹은 게 아니다.
아무리 나라도 슬슬 이해되고 있다.
과거의 자신이 분명 뭔가 저질렀다는 걸.
일단 레키가 아내가 된 기분인 것에 대해서는 언급하지 말자.

그보다 결혼식장이 더 신경 쓰였다.

내가 전혀 모르는 곳에서 다른 사람들도 말려들었을 가능성이 있다.

"알았어. 자세한 얘기를 들어보자. 일단 앉아서 하나씩 얘기해 봐."

그렇게 말하고 난 의자에 앉았다.

아주 당연하다는 듯이 내 양옆의 자리를 차지하는 둘.

내 앞에는 사람이 없는 방이 펼쳐져 있었다.

"……누가 이렇게 앉아서 대화해!!"

더 이상 딴지 거는 것을 참을 수가 없었다.

"부인이 남편 옆에 앉는 게 보통."

"부인이라도 이럴 때는 마주 보고 이야기하는 법이라고! 사이에 끼어있으면 이야기하기 불편하잖아!"

"그러면 레키 씨가 맞은편에 가서 설명하세요."

"싫어. 유우리가 해."

"억지도 정도가 있잖아요?"

"괜찮아. 난 유우리를 믿어."

"다른 상황에 말해줬으면 했네요, 그 말!"

대화가 전혀 진행되지 않아…….

그리고 날 사이에 두고 말싸움은 그만뒀으면 한다. 엄청 불편하니까.

더 참지 못한 나는 일어나서 반대편으로 자리를 옮겼다.

"자, 둘 다 일어서지 마. 거기서 사이좋게 나란히 앉아있도록."

바로 자리를 바꾸려고 하는 그녀들을 견제하자 마지못해 따르는 기색으로 둘은 자리에 앉았다.

"……그래서, 결혼식장을 정했다고?"

"맞아. 분명 진도 기뻐할 거야."

"혹시나 해서 묻는데, 그게 어딘데?"

"왕성."

"……왕서엉~? 들어본 적 없는 지명이네."

"아니야, 왕도의 성."

"착각이 아니었어, 젠장!"

브이 사인을 만든 두 손가락을 까딱까딱 열었다 닫았다가 하는 레키.

그에 비해 난 테이블에 엎어져서 소꿉친구의 엉뚱함에 소리쳤다.

"이미 허가도 받아왔어."

레키는 주머니를 뒤적뒤적 뒤져서 접힌 종이를 테이블에 펼쳤다.

큰 글자로 엘덴타크성 사용허가증이라 적혀있었다. 나는 정신이 아득해질 것만 같았다.

"왜……! 국왕의 안위가 걸린 중요 시설인데 허가가 나오는 거냐고……!"

"우리의 행복을 여러 사람에게 나눠주고 싶어서."

"그런가…… 마음만은 훌륭하구나……."

"이로써 우리 부부는 국가 공인."

나와 레키는 생각의 스케일이 다르다는 것을 뼈저리게 느꼈다.

레키는 '용사'로서 각지에 그 이름이 알려져 있고 마왕을 쓰러뜨린 영웅으로서 축복하는 사람도 많을 것이다.

상대가 나라는 게 국민에게 알려졌을 때 돌을 맞지 않을지 걱정되기 시작했어…….

——잠깐만.

레키랑 결혼하는 방향으로 이야기가 진행되고 있는데, 유우리한테는 좋지 않은 이야기가 아닌가?

나는 당황해서 자세를 고치고 아까 자신에게 고백한 소녀를 봤다.

"……? 제 얼굴에 뭔가 묻었나요?"

하지만 화난 기색은 전혀 없었다.

화가 나기는커녕 레키와 같이 좋네요~ 라면서 느긋하게 이야기마저 하고 있다.

자기가 고백했는데, 다른 여자가 결혼식 이야기를 들고 온 상황.

오히려 왜 아무렇지도 않은 표정인 거지……?!

"그런데 레키. 제가 한 말도 잘 지켰나요?"

"물론. 류시카가 왕성에 남아서 절차를 진행하고 있어."

"그거 다행이네요. 꼭 필요한 과정이거든요."

"응. 반드시 진을 귀족으로 만들 거야."

그 순간, 머리가 새하얘졌다.

뭐? 날 귀족으로 만들어?

"유우리? 이게 다 무슨 소리야?"

"실은 마왕을 토벌한 보상으로 '진 씨를 귀족으로 만들어줬으면 좋겠다'고 요구했어요."

그렇게 말하며 깜빡 윙크하는 모습은 그럴듯했다.

귀여워…… 아니, 그게 아니라!

"후훗, 오래전부터 생각했어요. 만약 우리가 모두 진 씨를 좋아하면 어떻게 할지."

"우리 셋이 진심으로 싸우면 마왕군의 습격보다 훨씬 더 큰 피해가 생길 거야."

"사실은 저 혼자서 독점하고 싶다고요? 물론 진 씨에게 선택받을 자신도 있었어요. 하지만……."

"진 곁에 있을 수 없는 인생 같은 건 생각할 수 없어. 그래서 어젯밤에 셋이 의논했어."

"그때 제안한 게 진 씨를 귀족으로 만드는 작전. 진 씨가 귀족이 되면 중혼은 문제없으니까요!"

"이로써 우리의 결혼을 방해하는 건 아무것도 없어."

두 사람은 이야기는 이제 끝났다는 듯이 내 곁으로 조금씩 다가와 양팔을 꽉 안았다.

눈과 코앞의 거리까지 예쁜 얼굴이 다가왔고, 둘은 웃는 얼굴로 이렇게 말했다.

"그렇게 됐으니."
"이제 도망칠 수 없으니까 각오해."
"""서방님."""
귀여운 여자아이. 그것도 여러 명의 구애를 받는다.
남자라면 누구나 한번은 꿈꾸는 상황인데, 왜 내 볼은 경련하듯이 움찔거리는 걸까.
더는 도망칠 수 없다. 모두의 사랑을 받아들이는 것 외에는 길이 없다.
그것도 상대는 국민적인 영웅들뿐.
자신의 미래를 깨달은 나는 스멀스멀 올라오는 속쓰림을 느껴야 했다.

한편, 왕성에서는.
"젠장, 레키 녀석. 머리를 쓰는 작업은 모른다고 통째로 떠맡기다니……."
"……난 이른 아침에 누가 억지로 깨워서 잠옷을 입은 채로 강제로 업무를 하고 있다만?"
"떠들 시간이 있으면 손을 움직여라. 내가 없는 사이에 셋의 관계가 진전되면 어쩔 셈이냐……!"
"일단은 내가 이 나라의 왕이다만. 너희랑 있으면 항상 정신이 이상해질 것 같아…….”

“결혼……! 이게 끝나면 드디어 진과 결혼……!”

“용사 파티에서 나를 멀쩡하게 대하는 게 진뿐이라니…….”

쌓인 서류 더미를 귀신같이 무서운 얼굴로 처리하는 류시카의 욕망 앞에서 집무실에는 국왕의 탄식이 공허하게 퍼졌다.

Life 1-2

이번엔 내가

"그립다…… 어릴 때로 돌아간 기분이야."

나는 내 방에서 레키와 나란히 침대에 걸터앉아 있었다.

유우리는 하고 싶은 이야기는 다 했다면서 부모님을 부르러 숲으로 갔다.

처음엔 따라가려고 했지만.

"진 씨는 레키를 상대해야죠. 아, 하지만 침대 위에서 상대하는 건 아직 곤란……."

본인이 그렇게 말했으니 문제없을 것이다.

후반 부분은 뇌가 받아들이는 걸 거부해서 그다지 기억나지 않는다.

"유우리는 천성은 착해서 좋아. 미워할 수 없어."

"그렇네."

"요리도 잘하고, 공부도 가르쳐줬어."

"그렇지."

"그리고 가슴도 나보다 더 커."

"그렇……이 아니라, 무슨 말이 하고 싶은 건데?"

"하지만 진에 대한 마음은 지지 않아."

레키는 팔을 벌리고 침대에 뒤로 쓰러졌다.

침대를 퐁퐁 두드려서 나도 그녀를 따라 누웠다.

싸구려 침대다. 삐걱거리고 등도 조금 아프다.

하지만 이렇게 옆에 레키가 있는 광경이 정말 그립고 기분 좋다.
“옛날엔 자주 같이 잤지. 그립네.”
“같은 생각을 하고 있었어. 밤중에 레키가 화장실에 같이 가달라고 깨우러 오고, 끝나면 이쪽에 들어왔지.”
“응. 진이랑 같이 자면 따뜻하니까.”
“넌 말이야. 처음엔 찰싹 달라붙는데 자면 잠버릇이 너무 안 좋아서 항상 나한테서 이불을 빼앗았다고~.”
손가락으로 볼을 가볍게 탁 튕겼다. 하지만 레키는 눈도 깜짝하지 않았다.
“후후훗. 난 더 이상 그런 가벼운 공격은 안 통해.”
“‘용사’의 가호니까 말이지. 난 더 이상 못 당해낼지도.”
“당연하지. 이제 진보다 힘도 더 세. 진은 새끼손가락으로 이길 수 있어. 옛날처럼 팔씨름이라도 할래?”
“그런 도발엔 안 넘어간다.”
“도망치는거야? 겁쟁이가 됐네, 진.”
“전략적 후퇴라고 하는 거야.”
“겁쟁이. 허접. 내 새끼손가락 이하.”
“…………..”
“아아~, 지는 게 무서워서 무대에도 올라오지 않는 쫄보가 된 거야? 꼴사나워.”
“상대해주마!!”
“유우리한테 배운 대로네.”

뭐라고 중얼거리는지 잘 안 들리지만 그런 건 아무래도 상관없다.

이렇게 무시당했는데 물러나면 남자의 수치다.

나에게도 자존심 정도는 있다.

"가볍게 비틀어주지. 새끼손가락만 쓰지 말고 전부 써서 덤벼라!"

"괜찮겠어? 진짜 다칠 건데?"

"새끼손가락으로 덤벼라!"

자존심은 지금 산산이 부서졌다.

"응, 그럼."

레키의 새끼손가락을 꼭 쥐었다.

쥐면 다 가려질 정도로 작고 가는 손가락.

가녀린 소녀와 맞서는 남자는 그림이 영 안 좋지만, 상대는 무려 '용사' 레키다. 처음부터 전력으로 간다……!

"진이 시작해도 돼."

"알았어── 간다!"

득달같이 팔에 모든 체중을 실어 그녀의 팔을 넘어뜨리기 위해 움직였다.

알통이 솟아오르고 팔의 혈관이 드러났다.

틀림없이 나의 전력을 담은 일격.

하지만 레키는 미동조차 하지 않았다.

"후훗, 열심히 하는 진도 귀여워."

레키가 그렇게 웃은 순간, 시야가 180도 회전했다.

"……어?"

"자, 내가 이겼어."

정신을 차리고 보니 위를 보고 침대 위에 쓰러져 있었다.

즐겁게 웃은 레키가 내 하복부 위에 올라타 있었다.

"……완패야. 아~, 이렇게 사실을 눈앞에 들이대면 괴로운데."

"힘 싸움이라면 이렇게 되지. 하지만 싸움은 힘만으로 결판나는 게 아니니까 자신감을 잃지 않아도 돼."

레키는 내 머리를 톡톡 어루만졌다.

마치 옛날에 내가 레키에게 해준 것처럼.

……더 이상 그녀는 나에게 보호받기만 하는 존재가 아니라는 걸 다시금 인식하게 됐다.

"그렇다고는 해도 진 건 진 거야. 진은 벌칙으로 심문을 받아야 해."

"……어?"

멍하니 있는 나는 아랑곳하지 않고 레키는 그대로 놓치지 않겠다는 듯이 양손 사이에 내 얼굴을 두고 침대를 짚었다.

녹색 눈동자가 날 똑바로 꿰뚫어 봤다.

"진. 왜 나랑 같이 자주지 않게 된 거야? 여행하는 도중까지는 옆에서 자줬으면서."

"어?!"

엄청난 목소리가 나와버렸다.

그 대답은 정해져 있다. 레키의 몸이 무사히 여자아이답게 성장해서 여러 감각을 참을 수 없게 되었기 때문이다.

난 성욕이 없는 성인군자가 절대 아니다.

잘 때까지 밀착해 있으면 서로의 정신에 나쁘다고 생각했기 때문에 취침 장소를 따로 쓰기로 정했다.

……뭐, 그렇게 부끄러운 사정을 솔직하게 이야기할 수 있을 리가 없고.

“그, 그건…… 레키도 적절한 나이가 됐잖아? 나랑 같이 자는 모습을 모두가 보면 부끄러울 거라 생각해서.”

“딱히 안 부끄러워. 그러니까 오늘부터 같이 자자.”

“그 외에도 그러니까! 역시 한 침대에 나이가 찬 남녀가 같이 있는 건 좀…… 그렇지? 남자인 내가 언제 레키를 덮칠지 모르고…….”

“그러니까 진은 날 여자로 의식하고 있다는 거야?”

“그, 그런 게…….”

“그럼 문제없어. 역시 오늘 밤부터 같이 잘래.”

“죄송합니다. 레키가 점점 성장해서 귀엽게 느껴져 위험하다고 생각해서 멀리했습니다. 용서해주세요.”

얼굴 앞으로 손을 모아 사죄하는 포즈를 취했다.

왜…… 왜 난 자신의 성벽을 고백하고 있는 거지……?

이러면 거의 레키를 그런 눈으로 보고 있다고 말하는 것이나 마찬가지다.

자기에게 결혼하자고 하는 여자애를 상대로 난 무슨 짓을……
어라? 이거 혹시 문제없나……?

"응, 좋아."

그런 내 생각을 긍정하듯이 용서하는 레키.

다행이다…… 미움받지 않았어…….

우려했던 최악의 사태는 벌어지지 않아 안도의 숨을 내쉬었다.

"레키, 고마……?!"

하지만 그 안심도 한순간이었고.

말을 가로막듯이 입술을 막혔다.

부드러운 감촉이 맞닿았고, 호흡하는 걸 잊어버릴 정도로 서로 포개었다.

"……이제야, 겨우. 동생이 아니라 이성으로 보고 있다고 분명히 말해줬어."

할 말을 잃은 나를 제쳐 두고 고개를 든 레키는 만족스러운 표정으로 자기 입술을 손가락으로 어루만졌다.

"겨우 동생을 졸업했어. 기뻐. 이제 진의 뒤가 아니라 옆에 설 수 있어. 힘으로도, 정신적으로도, 입장상으로도. 그걸 알게 됐으니까── 그러니까 지금은 이걸로 용서해 줄게."

그렇게 말하며 웃는 레키의 미소는 지금까지 본 미소 중 가장 예쁘게 느껴졌다.

고백을 받고 몸이 달아오른 우린 마실 것을 찾아 다시 거실로 돌아와 있었다.

둘 다 순식간에 다 마셨고, 내려놓은 컵은 텅 비어있었다.

째깍째깍, 초침이 시간을 새기는 소리가 났다.

평소에는 신경 쓰이지 않는 그 소리가 유난히 크게 들리는 건 조용한 분위기에 휩싸여 있기 때문이다.

"“…………”"

한마디로 표현하자면, 엄청 어색했다.

하지만 불편하진 않았고.

뭐랄까…… 처음으로 키스해서 쑥스러움과 부끄러움과 기쁨이 뒤섞여서 뭐라 형언할 수 없는 기분이다.

"…………읏."

살짝 레키를 보니, 레키도 내 상태를 살피고 있었는지 눈과 눈이 맞아서 바로 얼굴을 돌렸다.

그녀는 아까 키스했을 때는 어른스러운 분위기를 내고 있었지만, 역시 정신적으로는 아직 완전히 성숙하지 못했다.

레키가 애쓰고 노력했다는 걸 알게 되니, 그 사실이 기쁘기도 하고 귀엽게 느껴졌다.

그녀는 평소에는 표정 변화가 적지만, 분명 지금 가슴 속에서는 다양한 감정이 날뛰고 있을 것이다.

나도 아직 진정시키지 못했으니, 레키는 어쩔 수 없을 것이다.

그러니 그녀가 익숙해질 때까지 기다리자고 생각해서 딱히 행동하지 않고 느긋하게 있었다.

"다녀왔습니다. ……어라? 혹시 벌써 해버렸어요?"

"피곤해~. 진, 나를 위로…… 뭐야, 이 분위기는?"

두 사람이 돌아와서 우리의 모습을 보자마자 의아해하는 표정을 지었다.

긴장해서 굳어 있는 레키 대신 내가 설명하기로 했다.

"그, 유우리랑 류시카랑 똑같아."

"아아, 그렇구나~. 레키도 그런 면이 있었네요~."

"내가 없는 사이에……. 그래도 힘냈네, 숙녀 레키 씨?"

"우으……."

두 사람은 레키의 머리카락을 헝클어뜨리며 쓰다듬었다.

레키는 저항하지도 않고 볼을 빨갛게 물들이고 고개를 숙이고 있기만 했다.

고개를 너무 숙여서 이마가 테이블에 박혔다.

아니, 잠깐! 테이블이 삐걱대고 있는데……?!

"읏?!"

"앗."

"레키?!"

빠각, 큰 파열음과 함께 테이블이 두 동강이 났다.

레키의 머리는 바닥에 박혔고, 유우리는 아연실색했다.

"하하핫. '용사'의 힘이 넘친 것 같네."

최근엔 못 보게 되었지만, 옛날엔 힘 조절이 잘 안돼서 물건을 자주 부쉈다.

아마 류시카와 유우리에게 놀림 받은 부끄러움을 견디지 못했을 것이다.

"으으윽……! 생각보다 깊이 박혀서 빠지지 않아요……!"

"유우리는 힘이 없으니까. 내가 할게. 레키, 조금만 참아줄 수 있어?"

"진은 안 돼!"

"어, 왜?"

"맨발 만지는 거, 부끄러워……."

보통은 키스하는 게 더 부끄럽지 않나? 라고 말하는 녀석은 소녀의 마음을 전혀 모르는 바보다.

그 키스는 그녀가 용기를 쥐어짜서 오랫동안 품어온 마음을 직접 전한 것일 것이다.

확실히 지금까지 알고 있던 레키의 말이었다면 무시했겠지만, 그녀의 마음을 안 이상 함부로 무시할 순 없다.

아무튼 결국 레키의 모습을 봐서 기분이 좋은 류시카 이외에는 수습할 사람이 없다.

"이거 참, 그렇게 의욕이 넘쳤던 레키도 결국은 아이인가. 응응, 풋풋해서 좋구나."

"진을 좋아한 기간 3년 이하인 허접은 내 마음을 몰라. 입 다물어."

"머리만 바닥에 박힌 상태로 말해도 전혀 안 무서운데. 괜찮나? 그대로 놔둘 수도 있는데?"

"그러면 폭주 상태인 내가 힘으로 억지로 빠져나올 거야. 집이 무너져도 괜찮아? 미래의 아버님과 어머님이 슬퍼할 텐데?"

"협박 방식이 너무 참신하지 않아?"

레키의 참신한 협박에 류시카는 한숨을 쉬고 작은 나무 지팡이를 꺼냈다.

"그렇게 화내지 마라. 자, 테이블도 고쳐줄 테니까."

"……응, 부탁할게."

후우…… 이걸로 한 건 해결인가.

이제 이 현장을 아무도 보지 않고 끝나면 완벽…… 하겠지만.

"다녀왔다! 핫핫하, 오늘은 잔치다! 아빠가 의욕 좀 냈다!"

"이야~, 설마 진이 신부를 셋이나 데리고 올 줄이야, 엄마는 기쁘—— 어머, 아수라장?"

기분 좋게 돌아온 부모님의 얼굴에서 웃음이 사라졌다.

이 참상을 목격하면 그렇게 착각해도 어쩔 수 없다.

바닥에 박힌 레키. 지팡이를 들고 레키에게 다가가고 있는 류시카. 거칠게 숨을 쉬며 주저앉아 있는 유우리.

하지만 우리의 사이는 지극히 양호하다.

"죄송합니다, 아버님, 어머님. 잠시 소란을 피웠습니다. 금방 처리되니 집 밖에서 기다리실 수 있나요?"

아니야, 류시카! 아니, 설명은 틀리지 않지만……!

설명이 부족해서 '처리된다'가 '레키를 처리한다'는 의미로 들린다고!

"호, 혹시, 셋이 사이가 좋지 않니……?"

"아뇨, 생사고락을 함께 해온 사이라서 사이가 정말 좋아요! 그렇죠? 레키? 류시카 씨?"

"응. 둘은 대신할 수 없는 세상에서 가장 소중한 친구."

레키는 그렇게 말하고 유일하게 자유롭게 움직이는 다리를 벌려 두 사람 앞에 내밀었다.

의도를 파악했는지 레키와 류시카는 악수하듯이 발을 쥐었다.

그건 사이가 좋다는 어필이 아닌데? 아, 오히려 사이가 좋아 보이려나?

"그렇구나. 레키도 새 친구가 생겨서 잘됐구나."

"그렇구나, 그렇구나. 그렇다면 안심이야."

"응, 아줌마, 아저씨."

변명이 먹힌 모양이다.

친부모에게 소홀한 대접을 받아온 레키는 우리 집에서 친딸처럼 컸다.

그 덕에 딸바보 보정이 들어가서 살았다…….

"아, 이제 어머님, 아버님이라 부르는 편이 좋은가?"

"뭐라고 불러도 좋아~. 레키도 정말로 진의 아내가 되는구나…… 아줌마는 왠지 기뻐."

"레키뿐만이 아니에요, 어머님."

"저희도 진의 아내로서 최선을 다하겠습니다."

"후훗, 그랬지. 하지만 진은 한 사람하고만 결혼할 수 있다고 생각하는데…… 괜찮을까."

"물론 그 문제는 해결했어요. 나중에 두 분께도 설명해 드리겠습니다."

"어머나, 믿음직해라."

"모두 예쁘고, 현명하고, 믿음직해…… 우리 아들에겐 아까운 아이들뿐이야. 버림받지 말거라, 진."

"여러분, 제 아들을 잘 부탁드립니다."

"안심해. 우리가 진을 버릴 리가 없으니까."

"물론이죠! 빨리 어머님과 아버님께 손자의 얼굴을 보여드릴 수 있도록 노력할게요!"

"장수하는 엘프입니다만, 제 인생에서 반려로 삼는 사람은 그 뿐이라고 맹세하죠."

하하하, 나 이외의 사람들이 웃는 소리가 울렸다.

……일단 레키를 바닥에서 뽑아낸 후에 이야기하지 않을래?

그런 말을 꺼낼 수 없는 분위기 그대로 부모님께 드리는 인사가 끝났다.

◇◇◇◇◇

부모님께 드리는 인사도 끝났고, 국왕에게 하는 마왕 토벌 보고도 완료.

현재 해야 할 일은 전부 끝났다.

……나에겐 아직 한 가지 남아있는 중요한 역할이 있지만.

아무튼 딱딱한 업무는 더는 없다.

그렇다면 이렇게 경사스러운 날을 축하하지 않을 이유가 없다.

"아들 진과 레키, 유우리, 류시카의 결혼과 진 가이스트 남작의 탄생! 그리고 가증스러운 마왕 토벌을 축하하며── 건배~!!"

""""건배~!!""""

아버지의 호령이 신호가 되어 마을 사람들이 술이 든 컵을 들었다.

이렇게나 활기찬 고향은 본 적이 없다.

테이블에는 형형색색의 샐러드에 잘 구워진 새 통구이, 향신료가 들어간 꼬치구이, 볶은 산나물……. 다양한 요리가 빼곡하게 차려져 있었다.

술은 고급이고, 향신료도 싸구려가 아니다.

이렇게 식탁이 호화로운 건 우리가 왕도에서 이것저것 사 왔기 때문이다.

류시카의 마법이 있으면 이동은 순식간이다.

그렇다면 모처럼 하는 연회를 더욱 좋은 추억으로 만들고 싶다고 파티 전원의 의견이 일치하는 건 당연한 귀결이었다.

참고로 그 후에 부모님에게 어떻게 설명했냐 하면──.

"국왕에게 몰래 허가받았으니 가까운 미래에 진에게는 남작 작위와 이 마을을 중심으로 한 영지가 수여되며 이후에는 귀족 대우를 받게 됩니다."

"마왕을 토벌한 파티의 일원으로서 활약한 실적을 생각하면 타당해요. 영지 주위도 숲에 둘러싸여서 교통편도 부족한 곳. 반발도 적겠죠."

"우리도 있어. 다른 귀족도 함부로 못 건드릴 거야."

"그러니 안심하고 촌장 역할은 그에게 맡기고."

"아드님을 저희에게 주세요."

"예~이."

――그런 느낌으로 이야기가 정리됐다.

정말 믿음직한 아내들이다.

……그렇다. 너무 믿음직해서 이때까지 난 흐름에 몸을 맡기고 있었다.

"……왜 그래, 진? 배 아파?"

"아니, 그런 게 아니야."

"그럼 이거 먹을래? 맛있어."

양손에 들고 있던 꼬치구이 중 하나를 주는 레키.

"술에 취했나요? 제가 돌볼게요."

걱정스러운 듯이 내 등을 천천히 쓰다듬는 유우리.

"무리하면 안 된다. 약이라면 전에 만든 게 있다. 먹을 수 있겠나?"

다시 빠릿빠릿한 표정을 짓고 물과 약을 꺼내는 류시카.

다들 각자의 매력이 있고 3년 동안 같이 있어도 질리지 않을 정도로 개성적이고 언제까지고 곁에 있고 싶다는 생각이 드는 멋진 여자아이들.

그런 그녀들이 원한다면 대답은 정해져 있다.

당연히 받아들인다.

'좋아한다'는 마음을 그렇게나 받고 마음이 흔들리지 않는 남자가 있을까.

나도 남자다운 모습을 보여줘야 한다.

"아니, 그게 아니야. ……다들, 따라와 줄래?"

그렇게 말하자 세 사람은 싫은 내색 하나 하지 않고, 아무것도 묻지 않고 따라줬다.

떠들썩한 곳을 떠나 내 방으로.

앉아달라고 손짓하자 다들 침대 위에 앉았다.

"……그래서? 우릴 부른 용건은 뭐지? 진."

이야기를 시작한 사람은 류시카였다.

그녀는 아마 알아차렸을 것이다. 어젯밤에 기절하기 전에 그녀에게만은 오해라고 말했으니까.

……여기까지 온 이상 각오를 다져야만 한다.

레키를 혼자 두지 않겠다고 죽음도 각오하고 함께 여행을 떠날 결심을 한 그날과 같다.

오늘은 내 인생의 새로운 시작이다.

양 볼을 팡 때려 기합을 넣었다.

"일단, 먼저 사과할 게 있어. 유우리가 이야기한 내 프러포즈…… 거기엔 이성적인 호의는 포함되어 있지 않아."

그렇게 말하자 어리둥절한 표정을 지었다.

"레키의 경우도 마찬가지. 토벌 전에 말한 약속은 어릴 때 한 결혼에 대한 약속이었지? 미안. 그때 난 레키가 이렇게까지 좋아하는지도 모르는 채 대답했어."

레키도 유우리와 비슷한 반응을 보였다.

이건 화난 건가? 아니면 슬퍼하는 건가?

어떤 매도라도 받아들이자.

자신의 마음을 제대로 전달하고 나면.

"하지만 싸움이 끝나고 지금까지와는 다른 입장에서 모두와 접하고…… 셋을 이성으로 의식하기 시작했어. 함께 식탁에 둘러앉아서 웃고, 추억을 공유하고, 우리 파티가 죽을 때까지 함께 지낼 수 있으면 좋겠다고 계속 생각하고 있었어……!"

나는 고개를 깊이 숙이며 말했다.

"반드시 행복하게 해줄게! 정말로 우열을 가릴 수 없을 정도로, 레키도 유우리도 류시카도 소중해! 그러니 이런 나라도 괜찮다면…… 결혼해 주세요!!"

전했다…….

그녀들의 호의는 계속 받았지만, 난 그에 대한 대답을 제대로 하지 못했다.

이대로 그 문제를 언급하지 않고 결혼식을 맞이해도 분명 셋 다

용서할 것이다.

하지만 그건 치사하다. 레키, 유우리, 류시카의 마음으로부터 도망치는 처사다.

그래서 이렇게 난 자신의 마음을 셋에게 전하려고 행동으로 옮긴 것이다.

"…………."

소리친 뒤라서 정적이 한층 더 무겁게 내리눌렀다.

그런 답답한 분위기를 깬 것은 세 명의 참을 수 없다는 듯이 새어 나온 웃음소리였다.

……어? 어라?

"왜, 왜 웃는 거야, 셋 다? 나는 몹쓸 짓을 했는데……."

"아하하, 미안해요! 진 씨가 정말 진지하게 말하길래, 무슨 말이 나오려나 했는데……."

"그런 건 진작에 눈치를 챘어. 진을 좋아한 10년간을 얕보지 마."

"그리고 나도 알려주기도 했고. 고백하기 전에 주의하라고."

레키는 침대에서 내려오더니 쪼그려 앉아서 내 이마를 손가락으로 톡 밀었다.

"물론 약속을 잊고 있었던 건 너무해. 감점."

"윽…… 면목 없습니다."

"좋아. 하지만 감점을 해도 진은 내 안에선 백 점 만점. 쭉 키워온 '좋아하는 마음'이 이 정도로 식을 리가 없어."

빙긋 웃은 레키는 내 머리를 꼭 안았다.

"이 마을을 떠나게 되었을 때, 진이 따라가겠다고 말해줘서 난 정말 기뻤어. 내 마음에 계속 따뜻함을 준 건 너야, 진."

"저도요. 진 씨가 해준 말이 제 마음을 깊은 해저에서 구해줬어요. 이 사실은 변함없어요."

레키뿐만이 아니다. 유우리 또한 '성녀'의 이름에 걸맞은 미소를 띠고 내 머리를 쓰다듬었다.

"그러니까 대답은 널 좋아하게 된 날부터 정해져 있었어."

마지막으로 류시카가 앞으로 나아가기 위해 고개를 숙이는 것이 아니라 고개를 위로 들게 해줬다.

""""네, 기꺼이.""""

"……고마워…… 고마워……!"

이런 날 받아준 감사함을.

앞으로 내 인생은 날 사랑하는 사람들을 위해 쓰자고 맹세했다.

웃으면서 해준 그녀들의 대답에 난 눈물을 흘리면서 계속해서 고맙다고 말했다.

"진의 눈물 때문에 옷이 질척해."

"미, 미안……! 새 걸 사줄게……!"

"후훗. 진 씨가 우는 모습 처음 봤어요."

"진은 아무리 힘든 상황이라도 나약한 소리를 하지 않았으니까. 귀중한 일면을 보여준 것 또한 사랑한다는 증거이려나?"

"……감격하면 울기도 하잖아, 보통."

"아, 삐졌어. 드문 일이네."

"하하핫. 이 이상 놀리면 더 삐질 것 같으니까 다른 이야기를 할까."

제일 어른인 류시카가 도와줬다.

그 제안에 동참한 사람은 다른 사람의 감정에 민감한 유우리였다.

"근데 정말로 이런 날이 오네요~, 왕성에서 결혼식! 저, 실은 동경하고 있었어요!"

"나도 설마 새하얀 옷을 입게 될 줄은…… 고향에서 천재지변이 일어날 거라고 할지도 모르겠어."

"난 항상 진이랑 결혼할 생각이 가득했는걸."

"하하, 나도 점점 기대되기 시작했어."

많은 사람에게 축복받으며 왕성에 깔린 버진 로드를 걷는다.

정장 같은 건 입은 적이 없으니 어울릴지 걱정되네.

그때까지 체형을 잘 유지해야겠다.

다들 각자 의상을 고른다고 하는데 화려함에 눈도 행복해질 것 같다.

그러고 보니…….

"입장하는 순서는 어떻게 할 거야? 별로 전례가 없어서 자유롭게 정할 수 있을 것 같은데……."

옆에 서는 사람을 생각하려다가 떠오른 것을 나도 모르게 입 밖으로 내버렸다.

그러자 모두가 킥킥대며 웃음을 흘렸다.

"진도 재밌는 농담을 하네."

"지금까지의 공적을 생각하면 답은 하나잖아요."

"맞아, 진. 많은 사람의 눈이 모인 가운데 누가 네 옆에 서는 게 어울리는지는 생각할 필요도 없는 일이지."

"당연히 나지."

"당연히 저죠."

"당연히 나잖아."

"""""…………"""""

"""""……뭐래?"""""

와아……. 여자애는 정말로 양보할 수 없는 게 있을 때 이렇게 무서운 표정을 짓는구나.

새로운 배움을 얻은 나는 싸움을 말리기 위해 만신창이가 되는 것을 각오하고 마법 주문을 외우기 시작한 세 사람 사이에 뛰어들었다.

"후훗, 귀엽네요. 진 씨."

침대에서 잠든 진의 머리카락을 유우리가 쓰다듬었다.

온몸에 붕대가 감겨있지만, 영면에 든 것은 아니다.

마법에 좀 휘말려서 상처를 입었을 뿐이다.

완치한 후에 '힐링'이 서툰 레키가 자기도 일을 하겠다면서 붕대를 마구 감은 결과, 얼굴 이외의 부분이 붕대에 돌돌 말린 진이 완성되었다.

우리의 싸움을 목숨을 걸고 막은 용감한 그는 새근새근 자고 있었다.

"아아, 평소엔 늠름한데 자고 있을 때는 아이 같군."

"네, 정말 아이 같아서…… 아이……."

"응? 왜 그러지?"

"갑자기 모성이 샘솟아요. 젖을 주는 편이 좋을까요?"

"넌 일 년 내내 발전 중인가?"

세상을 구한 후 동료들이 소란을 피우는 모습에 골치를 썩였다.

유우리의 외모는 10명이 보면 10명 모두 청초하고 가련한 여자아이라고 답할 것이다.

머리카락 끝까지 아름답고 맑은 눈동자는 같은 여자마저 매료한다.

그런데도 입을 열면 이 모양이다.

여신님은 유우리의 어떤 점에 끌려서 '성녀'의 가호를 내려주신 건지 꼭 물어보고 싶다.

"무례하네요. 진 씨 한정이예요."

"결국은 발정 중이란 이야기잖아. 진하고 같이 지낸 게 3년이니, 무려 3년간이나!"

"뭐, 이 넘치는 모성은 다음에 아기 플레이를 하면서 발산하기로 하고……."

"넌 진짜 교회로 돌아가서 한 번 정화 받고 와라, 발정마."

……이런, 이러면 안 되지.

나도 모르게 더러운 말을 해버렸다.

진 앞에서는 절대 할 수 없다. 진이 기겁할 테니 조심해야 한다.

"음. 둘 다 무슨 이야기 하고 있었어?"

유우리와 설전을 벌이고 있으니, 화장실에 갔던 레키가 돌아왔다.

"유우리가 변태라는 이야기였다."

"그렇구나."

"레키도 저에 대한 반응이 너무하네요."

유감스럽다는 듯이 유우리가 볼을 부풀렸다.

지금 와서 귀여운 모습을 되찾으려고 해도 이미 늦었다.

애초에 진이 모르는 곳에서 내숭을 떨어도 의미가 없을 텐데.

"하아, 어쩔 수 없잖아요. 옛날부터 어른들의 유별나고 농밀한 플레이에 대한 참회를 들었으니까요. 성벽이 뒤틀릴 수밖에 없다고요.”
“성욕 괴물의 슬픈 탄생 비화로군.”
“전혀 와닿지 않아.”
“정말! 너무한 사람들이네요! 절 이해하는 건 역시 진 씨뿐이
——웨엑!”
“그렇겐 못 하지.”
레키가 진을 끌어안으려고 한 유우리의 목덜미를 잡아서 자기 옆에 앉혔다.
그녀의 괴력에는 유우리도 거스르지 못한다.
목을 잡고 기침하면서 원망스러운 듯이 이쪽을 노려봤다.
“조금은 괜찮잖아요!”
“안 돼. 조금도 허용 안 돼.”
“싫어싫어싫어싫어!”
“파티에 들어올 때만 해도 이렇게 이상한 ‘성녀’가 아니었는데.”
“……그래요. 우리 모두 진 씨의 매력에 빠진 거죠.”
“무슨 말이 하고 싶은지는 알겠는데, 갑자기 정색하지 마.”
류시카는 진을 만나 거의 포기한 결혼에 대한 마음에 다시 불이 붙었고, 결혼에 다다를 수 있었다.
매일 충실한 느낌이 든 것도 진과 보내는 시간에서 새로운 즐거움을 얻었기 때문이다.
그렇게 생각하면 여기에 있는 사람만 해도 진에 의해 인생이 바뀐 사람이 세 명.

"생각이 들었는데…… 진, 분명 우리 외에도 홀린 여자가 있을 거다."

"도중까지 함께 여행한 건 드라고나인 플로리아, 비스트인 루티. 그리고…… 언데드 리리슈나도."

"지금 생각하면 리리슈나…… 그 마왕군의 간부를 돌아서게 만든 것도 이상해."

"진 씨는 천부적으로 사랑받는 사람이잖아요. 아마 여자뿐만 아니라 남자도 있을걸요?"

"이미 한 명 알잖아, 그 귀찮은 녀석."

분명 나와 똑같은 사람을 떠올리고 있을 것이다.

앗, 하고 납득한 표정을 짓고 있었다.

"게다가 진 씨하고도 어중간하게 사이가 좋으니까 떼어놓을 수 없단 말이죠."

"……뭐, 나쁜 녀석은 아니지만."

"저희와 결혼하는 걸 반대할 것 같은 게……."

"하하하. 쉽게 상상이 되지."

"그때는 내가 주먹으로 입 다물게 할 테니까 안심해."

"응, 레키가 원인의 근원이거든? 하면 안 된다?"

유우리의 말에는 동의할 수밖에 없었다. 지금까지 몇 번이나 주먹을 휘둘러 왔다고 생각하는 거냐.

'용사'가 아니었으면 처형당했을 것이다.

상대는 엄청나게 지위가 높은데.

"……아무튼 마왕을 토벌했다는 소식이 알려지면 각자 축하한다거나 여러 명목으로 찾아오겠죠."

"다들 족장이나 책임이 있는 자리에 있는 사람들뿐이었으니까. 분명 그럴 거야."

"다시 말해서 진에게도 접근할 거야."

"……결혼식만은 방해하지 못하게 할 거야."

"반드시 지켜낼 거야."

"네, 진 씨의 처음은 저희 것이에요."

"""…………."""

"첫 결혼식이라는 뜻이거든요? 진 씨가 받아들인다면 나중에 부인이 되는 건 막지 않을 거예요. 그러니 경멸 섞인 시선으로 보는 건 그만두지 않을래요?"

마지막에 살짝 흔들릴 뻔했지만, 최종적으로는 같은 뜻을 가지고 확인하듯이 고개를 끄덕였다.

결속을 다진 우리는 각자 사이좋게 진의 침대에 들어갔다.

평화를 위협하고 인류를 위협하는 마물들의 왕의 본거지——마왕성.

'용사' 레키와 '성녀' 유우리가 쳐들어온 기억은 우리에게도 생생하다.

나—— 히나 라류엘은 부하에게 어떤 이야기를 듣고 마왕인 아버님의 방에 들어갔다.

"아버님! 아버님……! 이게 대체 어떻게 된 거죠?!"

문을 활짝 여니, 거기엔 부지런히 상자에 금괴를 채우는 아버님의 모습이 있었다.

그렇게나 늠름하고 불길한 오라를 뿜었는데, 이 꼴은 무엇인가.

용맹하게 하늘로 뻗어 있던 뿔은 예의 바르게 땅을 향해 인사하고 있었다.

사내다웠던 턱수염은 모조리 사라졌고, 날카로웠던 눈꼬리도 내려가서 그냥 근육질인 착한 사람 같은 표정으로…….

"아아, 히나. 실은 얼마 전에 왔던 용사들이 결혼한다고 해서, 축하 선물을……."

"정말 모든 게 이상하다고요?! 아버님! 우리의 사명을 떠올리세요! 그렇게나 열렬하게 말씀하셨잖아요?!"

아버지는 심연처럼 칠흑이었는데, 이제는 물든 곳 하나 없는 순백……!

아아…… 갑옷에 들러붙은 혈흔을 '내 자랑이다'라고 하면서 이야기하시던 아버님은 더는 없어…….

"……히나. 그건 잊거라."

"잊으라니요?"

"세계 정복이라니, 참으로 부끄러운 짓이었다. 우린 손을 맞잡고 서로 도와주며 공존해야만 한다."

"뭐, 뭐라고요?!"

믿기지 않아. 공존? 지금까지 그렇게 정복! 정복! 하고 기염을 토하면서 매일 작전을 짰는데……!

아버지가 이렇게 된 건 전부 그 녀석들 탓이다.

그 녀석들이 나타나기 전까지, 마족은 두려운 게 없었다.

하지만 어디선가 나타난 '용사'들이 성스러운 힘을 휘둘러 우리의 동포를 쓰러뜨렸고, 마침내는 마왕성까지 찾아와서는 아버님을 이런…… 이런 성격으로 만들었다……!!

옛날부터 마족에겐 '용사'와 관련된 구전이 있다.

성스러운 빛을 받은 자는 마음의 부정함이 사라져 마족으로서 죽음에 이른다는.

아버님의 현재 상태가 바로 그렇다.

그렇게나 마왕으로서 마족의 존경을 받았던 잔인함은 사라졌다. 이러면 꼭 인간이랑 다름없잖아……!

"이제 됐어요! 그렇다면 히나가 아버님 대신 인류를 멸망시키고——."

"——히나."

몸 전체가 오싹하게 떨리는 목소리.

아버님이 진심으로 화났을 때 나오는 목소리. 그야말로 핏기가 가시는 기분.

"말을 안 들으면…… 네 방의 책상. 오른쪽에서 세 번째 서랍의 2중 바닥 아래에 보관된 인류가 출판한 관능소설을 버리겠다."

"어어어어?! 어떻게 그걸……?!"

"난 알고 있다. 히나가 세계 정복을 하려는 이유를. 언젠가 자신을 주역으로 삼은 연애소설을 쓰도록 하기 위해서지."

"꺄아아아아아아아아!!"

"크헉?!"

정신을 차리고 보니 아버님을 힘껏 때리고 있었다.

아버님은 빙글빙글 선회하면서 공중을 날아 바닥에 처박혔다.

"헉, 죄송합니다, 아버님! 하, 하지만, 숙녀의 비밀을 술술 얘기하는 건 잘못이라고요?! 아무리 아버님이라도 해서는 안 될 말이……!"

"후훗…… 딸이 잘 크고 있어서 나는 기쁘구나."

아버님은 입에서 흐른 피를 손으로 닦으면서, 이제까지 본 적도 없는 온화한 표정으로 말했다.

"인류와 사이좋게 지내면 히나가 좋아하는 연애소설도 더 쉽게 구할 수 있다. 그러니 서로 싸우는 건 그만두고——."

"그게 가능하면 고생 안 해요!"

"히나."

지금까지 얼마나 오랜 세월 동안 인류와 싸워왔는가.

이젠 둘 중 하나가 멸망할 때까지 계속 싸우는 미래밖에 없다고 아버님도 말씀하셨잖아요.

"……알겠습니다. 맡겨주세요, 아버님."

흐를 뻔한 눈물을 쓱 닦고 얼굴을 들었다.

"이 히나가 아버님 대신 인류를 멸망시키겠습니다! 반드시 간사하고 포악한 아버님이 눈을 뜨게 해드리겠어요……!"

"뭣?! 기다려라, 히나!"

난 아버님의 제지도 뿌리치고 마왕성에서 뛰쳐나갔다.

기다리세요, 인류……! 제가 공포의 구렁텅이에 빠뜨릴 테니!

◇◇◇◇◇

"하아…… 가버렸군."

날개를 펄럭이며 날아가 버린 은발을 가진 딸의 뒷모습을 지켜본 마왕은 한숨을 쉬었다.

성인 남자보다 세 배는 큰 등에서는 한 아버지로서의 애수가 흐르고 있었다.

"……파루루카."

"예, 마왕님. 부르셨습니까?"

그가 손을 팡팡 치자 무릎 꿇은 상태로 나타난 서큐버스.

그녀는 전라가 기본인 서큐버스 치고는 연미복을 입어 피부를 드러내지 않은 희한한 모습이었다.

"히나를 돌보는 자로서 뒤를 쫓아주게. 오랫동안 함께 산 너라면 알고 있겠지? 그…… 히나는……."

"지혜는 다소 부족할지 모르나, 그만큼 무재가 출중하십니다."

"무재에 지능 대부분을 빼앗긴 것일지도 모르겠군……."

그녀의 아가씨 말투도 '이 말투가 똑똑해 보인다'는 이유로 시작한 것이다.

바보뿐이면 그나마 다행이다. 마왕은 머리를 싸맸다.

"그리고 마왕님이 소중히 키워서 외부와의 접촉을 거부해 온 결과, 아주 쉽게 속아 넘어갈 만큼 순수하시죠."

"……순수한 건 좋은 일이다. 괜찮다. 앞으로 인류와의 접촉이 많아지는 이상, 히나도 성장할 거다."

"…………."

파루루카는 마왕의 말을 들어도 화내지 않았다.

마왕군의 간부는 대부분 '용사'의 손에 매장당했다. 남은 건 전장에 나가지 않은 그녀와 배신자 한 명뿐.

마왕도 패배한 이상, 반격은 가망이 없다.

자연스럽게 차세대인 히나에게 기대를 걸어보자고 생각할 수밖에 없는 노릇이었다.

"서큐버스인 파루루카라면 인류에 대해서도 잘 알겠지. 최악의 사태가 벌어지지 않도록 지원을 잘 부탁하네."

최악의 사태란 히나를 잃는 것. 혹은 인류에게 피해를 입히는 것이다.

"알겠습니다. 준비되는 대로 바로 가겠습니다. 히나 님이 가실 만한 곳은 파악하고 있으니."

"역시 대단하군. 참고로 어디지?"

"정말 좋아하는 연애소설을 많이 취급하는 서점이 있는 왕도가 아닐까요. 이전에 가보고 싶다고 혼잣말했습니다."

"………,…."

정말로 인류를 멸망시킬 생각이 있는 건지 마왕은 걱정됐다.

Life 1-3

프러포즈 후의 생활

내 마음을 전하고 모두의 속마음을 알게 된 어젯밤.

날이 밝아 눈을 뜬 우리는 식탁에 둘러앉아 있었다.

아버지와 어머니는 먼저 식사를 마치고 다시 자고 있다.

나는 우리끼리 모인 자리에서 가장 시급히 개선해야 할 점을 언급했다.

"앞으로의 생활을 생각해서라도, 우리의 집을 만들어야 합니다."

그러자 세 명의 시선에 나에게 모였다.

레키는 입가에 묻은 잼을 할짝, 핥고 소박한 의견을 내놓았다.

"왜? 난 지금 이대로도 좋아."

"내가 모두와 자는 모습을 부모님이 보는 게 부끄러워서 그래!"

쾅 하고 나도 모르게 테이블을 쳐버렸다.

그렇다, 또 들켰다.

세 명이 나에게 달라붙어 자는 모습을 어머니와 아버지가.

게다가 어째서인지 레키도 유우리도 류시카도 옷이 흐트러져 있었다!

어째서?! 다들 그렇게 잠버릇이 나쁘지 않았잖아.

부모님이 히죽거리는 표정을 보이는 게 얼마나 힘든지……!

"따지고 보면 다들 내 침대에 숨어들어서 이렇게 된 거잖아. 대체 어느 틈에 침대에 들어온 거야……?"

"유우리가 하자고 꼬셨어."

"앗?! 절 파는 건가요, 레키! 다 같이 사이좋게 들어갔잖아요! 공범이라고요, 공범!"
"죄는 인정하는 건가……."
"둘 다 조용. 너무 떠들면 폐가 되잖아."
"뭘 남 일인 척하고 있어? 류시카도 마찬가지거든?"
어째 세 명에게서 반성하는 기미는 보이지 않았다.
……아니, 그건 괜찮다. 나도 여자애한테 둘러싸여서 잘 수 있다면 바라던 바다.
문제는 아버지와 어머니가 신경 써주는 것이다.
"그러니 오늘부터 우리가 지낼 집을 짓자."
"좋아. 그럼 내가 설계도를 그릴게."
"언젠가는 사랑의 보금자리가 필요해질 테니까요. 저도 도울게요."
"장래를 생각해서 아이들이 쓸 방도 있으면 좋겠어."
"둘에게만 맡기는 게 무서워지기 시작했어……."
하지만 공교롭게도 나에겐 설계에 관한 지식이 없다.
나는 솔직히 그냥 생활하기에 불편하지 않은 정도면 문제없다고 생각했는데…….
모처럼 두 사람이 의욕을 내주고 있으니 참견하는 건 좋지 않을 것이다.
결혼하는 건 이미 확정이니…… 아내의 어떤 모습이라도 받아들이는 게 남편의 역할.

"그럼, 이런 플레이 전용 방도 도입하고…… 앗, 침을 흘려버렸네요."

"그럼 욕조에서도 같이 들어갈 수 있도록…… 음, 몸이 뜨거워지기 시작했군……."

비록 어떤 모습이라도……!!

"진, 입술을 깨물고 있는데 왜 그래?"

"자신의 번뇌와 싸우고 있었을 뿐이야. 신경 쓰지 마."

"그래……. 잘 먹었습니다."

"더 안 먹어도 돼?"

"응. 그보다 나도 하고 싶은 게 생각났어. 잠깐 숲에 갔다 올게."

"그래. 조심해."

"괜찮아. 오히려 마물이 날 조심해야 할 테니까."

이렇게 심하게 든든한 대답을 할 수 있는 내 아내, 대단해.

마물이라도 '격'의 차이 정도는 인지한다.

마왕을 이긴 역전의 전사인 레키의 분위기를 느끼면 바로 꼬리를 말고 도망칠 것이다.

"다녀오겠습니다."

"갔다 와."

레키는 팔을 붕붕 휘두르면서 집을 나섰다.

상당히 기합이 들어간 얼굴로 집을 나서더니만, 머지않아서 쿠구우우웅 하고 묵직한 소리와 함께 땅울림이 느껴졌다.

"……나는 아무것도 모른다."

사고의 뚜껑을 닫고 현실 도피했다.

그렇다고 해서 유우리와 류시카의 대화에 끼는 것도 아니었다.

"저, 가끔 이런 생각이 들어요. 진 씨의 의자가 되어 보고 싶다고. 평소에 다정한 진 씨가 불쾌한 표정을 짓고 제 위에 앉아줬으면 해요."

"그런가. 난 반대로 진에게 철저하게 어리광을 부려보고 싶다만……."

왜냐하면 그녀들의 대화에서도 도피하고 싶기 때문이다.

왜 집 이야기에서 에로 회담이 된 건데.

심지어 그 에로 회담의 주인공이 나다.

"후우……."

……정말이지 유우리랑 류시카도 장난스럽네.

결혼하기로 정해져서 신이 난 것일 것이다.

모험 중에는 볼 수 없었던 그녀들의 솔직한 모습이 보여서 조금 기뻤다.

그렇게 생각하지 않으면 버틸 수가 없다.

……괜찮아. 어떤 모습이든 받아들일게.

아무리 둘에게 특수한 성벽이 있다고 해도 난 결혼 상대로서 그걸 존중해.

"……응, 공기가 맑네."

하지만 지금은 조금만 쉬게 해주세요.

아침부터 속이 쿡쿡 쑤셔요, 부탁드립니다.

"이상하다……. 이건 내가 생각하던 신혼 생활과 달라……."
안식의 땅을 찾아 난 비틀비틀 마당으로 도망쳤다.
……그래, 차라도 마시자.
나에겐 눈길도 주지 않고 음담패설 회의를 진행하고 있는 두 사람의 옆을 지나 보관하고 있는 찻잎을 들었다.
"아이가 쓸 방은 몇 개를 만들어야 할까?"
"방 하나를 두 명이 쓴다고 생각해도 최소 15개는 필요하겠죠."
"역시 그런가!"
뭐가 '역시'인지 따지고 싶다.
"저희와 진 씨의 사랑을 생각하면 당연해요. 오히려 부족하면 어쩌나 걱정이네요."
"이러면 규모가 상당히 큰 대공사가 되겠군. 인력은 내가 준비하지."
난 진지하게 목숨을 걱정하는 편이 좋을지도 모른다.
류시카도 말리지 않고 의욕을 보이니 내가 말해도 소용없겠지.
……지금 생각해도 어쩔 도리가 없나. 미래의 내가 힘내줄 것이다.
"하아~, 맛있다."
부드러운 온기가 위에 퍼졌다.
집에 있는 지옥에서 벗어나 밖에서 느긋하게 차를 마시고 있으니, 레키가 돌아왔다.
"다녀왔습니다."

"어서 와, 레키. 몹시 의욕적이던데."
"응. 하다 보니 조금 재미있더라."
"그래 그래. ……그래서 '성검'은 왜 어깨에 메고 있는 거야? 마물이라도 나왔어?"
"아니, 나무를 베는 데 썼어. 싹둑싹둑 잘려서 편해."
그렇게 말하며 나무를 써는 동작을 '성검'으로 하는 레키.
'성검'도 톱으로 쓰일 줄은 몰랐겠지.
마왕을 쓰러뜨린 전설급 무기가 공구 취급이라…….
기분 탓인지 평소보다 빛이 더 약한 것 같은데, '성검'의 자존심 상한 거 아냐? 괜찮아?
"다음부터 '성검'을 그런 식으로 쓰지 마."
"우우~."
"불평하지 마. '성검'이 불쌍하잖아."
"……응, 진이 그렇게 말한다면 어쩔 수 없지. 다음부터는 손으로 벨게."
다른 도구를 쓴다는 발상은 아예 없는 건가…….
아니, 어줍잖은 톱보다 그녀의 손이 더 날카로울지도 모른다.
그녀의 개성과 방식을 부정하는 것도 좋지 않다.
'성검'을 잡일로 휘두르는 건 아무래도 심장에 좋지 않으니 자제했으면 하지만, 이 정도라면 나중에 얼마든지 대처할 수 있다.
"자, 레키도 마실래? 열심히 한 것 같은데, 한숨 돌려."
"응, 고마워."

금방 끓인 차를 찻잔에 따라서 건넸다.

그녀는 내 다리와 다리 사이에 쏙 들어와서 앉았다.

"……후우. 맛있어."

"그거 잘됐네."

"응. 쭉 이런 시간이 기다려졌어."

기대어 온 레키는 얇은 다리를 파닥파닥 위아래로 움직였다.

엿보이는 표정에서는 긴장이 사라져서 편히 있는 것처럼 느껴졌다.

"어릴 때로 돌아간 것 같아."

작은 새가 지저귀는 소리를 들으면서 가끔 부는 바람을 피부로 느끼고 기분 좋은 햇볕을 쬔다.

머리를 쓰다듬자, 그녀는 반대로 부비부비 밀어붙였다.

손바닥에 느껴지는 폭신폭신한 감촉.

"진. 머리 묶어줘."

"오늘의 레키는 어리광쟁이네."

"난 많이 노력했어. 앞으로는 '용사'가 아니라 '레키'로서 시간을 쓸 거야."

그녀의 결의를 들으면서 금빛 머리카락을 손으로 빗었다.

……더는 이 아름다운 머리카락이 피로 더러워질 일도 없다.

앞으로 영원히 이 시간을 빼앗기지 않기를.

그런 바람을 담아서 머리카락 다발을 땋아나갔다.

레키는 몸을 흔들흔들 흔들면서 완성을 기다렸다.

"……좋아. 레키, 이쪽 봐."
"응."
"응, 예쁘게 됐어."
"진, 그건 틀렸어."
레키는 칫칫칫 하고 혀를 차는 소리를 내고 검지를 흔들었다.
"난 원래부터 예뻐. 그러니까 '세상에서 제일' 예뻐졌다가 맞아."
그렇게 말하고 자신만만하게 씨익 웃는 레키의 모습에 나도 모르게 웃었다.
"미안 미안, 내가 틀렸어. 레키는 세상에서 제일 예뻐."
"그리고 '내 취향인 여자가 됐다'도 좋아."
"그건 싫은데~."
"……치이. 진은 분위기 못 맞추네."
"볼 부풀리지 마세요."
그녀의 볼을 양손으로 잡자 볼록했던 볼은 푸슈~ 하는 소리를 내며 오므라들었다.
그대로 서로 바라보게 되어서 이상한 표정을 짓자, 레키는 어깨를 부들부들 떨었다.
"풉…… 안 돼…… 그거 반칙. 어, 엄청 못생겨졌어……."
"하하, 얼마나?"
"마왕이 정화되고 있는 동안의 표정만큼."
"난 이제 두 번 다시 이상한 표정 짓지 않기로 정했어."
그보다 레키는 마왕을 쓰러뜨리려고 했을 때는 그런 감정이었나…….

한없이 여유로워서 레키답다면 그뿐이지만.

"영차."

레키는 몸의 방향을 바꿔 그대로 무릎 위에 올라타더니 안았다.

작은 몸에 어울리지 않는 가슴이 눌리면서 형태가 일그러졌다.

예전 같았으면 떼어냈겠지.

관계가 바뀐 영향을 실감하면서 나도 레키에게 지지 않을 정도로 허리에 팔을 세게 둘렀다.

……따뜻하다. 팔 안에 있는 따뜻함이 사랑스럽다.

거리가 제로가 되어 레키의 심장 소리가 들리는 느낌마저 들었다. 그만큼 밀접한 거리.

"앞으로는 머리를 묶은 후에 꼭 안는 것도 일과로 삼을 거야."

"레키치고는 가벼운 요구네."

"……낮에도, 밤에도. 언제든지 마음대로 꼭 안을 거야. 제멋대로니까."

"좋아. 나도 레키랑 이렇게 있고 싶으니까."

"진이 엄청 적극적이야. 별일."

"적극적인 나는 싫어?"

"아니. 어떤 진도 좋아. ……지금 난 행복해."

레키는 부끄러운지 그렇게 말하고 얼굴을 내 가슴에 묻었다.

그녀는 그대로 이마를 빙글빙글 돌리면서 비벼대다가 움직임을 딱 멈췄다.

"……진도."
"응?"
"세상에서 제일 예쁜 날 아내로 맞은 진도 행복한 사람이네."
"그러게."
"만족. ……진."
"왜, 레키."
"후훗, 그냥 불러봤어."
"그렇구나, 그냥 불러봤구나."
"응."
웃으면서 수긍하자 레키는 다시 머리를 비벼대기 시작했다.
"네! 거기까지입니다! 꽁냥꽁냥 파동을 느끼고 보러 왔는데, 역시 즐기고 있었군요!"
"추월금지! 추월금지!"
"그게 무슨 파동이야."
집에서 튀어나오자마자 데모를 시작하는 유우리와 류시카.
거기엔 '성녀'와 '현자'다운 모습은 없었고, 아이처럼 금지! 금지! 라고 외치고 있었다.
"……분위기 좋았는데, 방해꾼이 왔어."
레키는 입술을 삐죽 내밀고 불만스러운 표정을 지었다.
기분 좋게 느긋하게 있는데 갑자기 소란을 피우면 불평 한마디쯤은 하고 싶어질 것이다.
"방해라니, 유죄에요! 유죄!"

"자자, 진정해. 애초에 둘이 날 놔두고 대화에 열중하기 시작한 게 원인이잖아?"
"읏…… 그건 그렇지만……."
"……그래서 이야기는 진척됐어?"
"네! 역시 진 씨가 귓가에 사랑을 속삭이면서 안아주는 상황이 왕도이자 최고라는 결론에 도달했어요!"
"너희가 유죄야."
조금 기막혀하면서 대답했다.
유우리는 좀 더 숙녀다운 줄 알았는데, 최근엔 상당히 까분다.
이것도 '성녀'로서 우상다운 모습을 요구받은 결과, 억압되어 있던 욕망이 흘러넘친 것일지도 모른다.
아니, 이런 걸로 환멸을 느끼면 겉모습으로만 판단하는 녀석들이랑 똑같잖아.
어떤 모습이든 받아들여야 남편이잖아.
그리고 나에게만 보여준 일면이라 생각하면 귀엽다. 아마도.
"그래도 진 씨는 이런 저를 버리지 않을 거죠?"
"……이 정도로 싫어지면 프러포즈하지도 않았지."
"진 씨, 좋아해요!"
"아~ 안 돼. 허락 안 해."
유우리는 키스의 비를 퍼부었지만, 레키가 전부 손으로 막았다.
손놀림이 훌륭해서 류시카가 짝짝 손뼉 쳤다.
"역시 체술로는 레키를 당해낼 수가 없네."

"당연하지. 진도 깔딱거리게 만들어 보이겠어."

"야, 레키. 유우리 같은 소리 하지 마."

"어라? 제 이름이 욕으로 쓰이네요?"

최근 행실의 결과라 생각한다.

지금까지는 약간 조심하는 부분이 있었지만, 그녀들이 이렇게 거리를 좁혀줘서 적극적으로 나가기로 했다.

"그래서 '변녀'님."

"류시카 씨? 자꾸 그러면 성교회에 혼날걸요?"

"신자들이 존경하는 성녀님이 녀석이 이런 번뇌투성이라는 걸 알면 오히려 애통해하느라 난리가 날걸."

"폭동이 일어나겠지."

"안심하세요. 전 결혼과 동시에 은거할 예정이라 들킬 일은 없어요."

손을 모으고 빙긋 미소 짓는 유우리.

그녀도 분별은 하는 것 같아서 안심했다.

엄청난 폭탄을 같이 떠안게 될 것 같은 건…… 부부가 되니까 받아들이자.

"이야기가 새버렸군. 유우리, 진에게 설계도를 보여주자."

"그랬죠. 음담패설이 오가는 중에도 완성했어요."

그렇게 말하고 유우리는 배치도가 그려진 종이를 펼쳤다.

상상 이상으로 넓다. 그리고 엿들은 내용대로 아이가 쓰는 방이 15개나 있었다.

젊음만으로 이걸 감당할 수 있을지 걱정이다. 일단 체력 단련을 꾸준히 해야겠다.

"이 주변에는 목재가 풍부하니까 훌륭한 집을 지을 수 있을 거예요."

"그건 좋지만…… 일손이 부족하지 않아?"

"그 문제에 관해서는 걱정할 필요 없어. 이게 있으면 해결이야."

류시카의 손바닥에는 여덟 개의 검은 뼛조각이 굴러다니고 있었다.

그녀가 팡 하고 손을 포개 뼈를 바스러뜨리듯이 쥐어짜자, 바스러진 뼛조각이 대지에 훌훌 떨어졌다.

"'서몬 언데드 드라고나'."

바닥에 마법진이 전개되었고, 뼈가 성장해서 여덟 마리의 언데드 드라고나가 되었다.

그들은 원래라면 쓰러뜨려야 하는 마물에 속하는 생물이지만 검은 뼛조각을 매개체로 류시카가 불러낸 것이라 그녀의 명령을 따른다.

모두가 정렬하여 주인을 향해 한쪽 무릎을 꿇었다.

"언데드 드라고나는 피로를 느끼지 않고 세세한 지시를 이해하는 지능도 있다. 이런 작업에는 딱이지."

"아아, 매우 도움이 돼. 고마워, 류시카."

"후훗, 좋은 아내라면 당연히 남편을 도와야 하지 않겠나. 신경 쓰지 않아도 된다."

"……나도 있어. 나도 현모양처의 자질이 있어."
"그거라면 저도. 지금까지는 가볍게 행동했지만 제대로 일할 거예요!"
양팔을 휙휙 걷어붙이는 레키와 유우리.
두 사람 모두 의욕이 넘쳤다. 물론 나도 그렇다.
"좋아, 그렇게 정해졌으면 바로 조립에 착수하자――."
――꼬르르르르르르륵…….
유난히 큰 소리에 모두의 시선이 한 곳에 집중됐다.
모두의 시선을 받은 그녀는 약간 부끄러운 듯이 자신의 배를 양손으로 잡았다.
"……내가 충분한 힘을 내기 위해서는 우선 진이 밥을 할 것."
"그거, 분발해서 만들어야겠는데."
"그러면 먼저 배를 채워두죠."
"벌써 그런 시간이네. 그렇지. 날씨가 좋으니까, 밖에서 먹자."
"그러면 나랑 유우리는 조리반. 레키랑 류시카는 테이블 같은 걸 옮겨줘."
그렇게 말하자 각자 자신이 할 일을 하기 위해 움직이기 시작했다.
이 역할 분담은 여행할 때와 똑같아서 다들 작업을 척척 해냈다.
"유우리. 미안한데 도마 좀 가져올래? 밖에서 말리고 있을 거야."
"알겠어요! 어디 보자, 도마, 도마…… 아, 류시카 씨~."
"잠깐. 왜 도마를 찾다가 날 부르는지 이유를 들려주실까?"

"무슨 말이죠? 단지 류시카 씨 가까이에 설거지를 끝낸 조리도구들이 있을 뿐인데요?"

"……뭐, 알겠다."

"감사합니다, 도마 씨."

"역시 고의잖아!!"

그런 딴지가 뒤에서 들려온 것 같았다.

"거기. 놀리는 것도 적당히 해."

"네~. 진 씨가 그렇게 말한다면 그럴게요~."

"……날 이렇게 짜증이 나게 만들 수 있는 건 너 정도밖에 없어, 유우리."

류시카가 드물게도 굳은 표정을 지었다.

그래도 때리지 않는 걸 보면 어른스럽다는 걸 다시 인식하게 된다.

그녀는 한숨을 쉬고 열심히 일하고 있는 레키를 도와주러 다시 돌아갔다.

"그래서? 뭘 만들 거야?"

테이블을 든 레키가 두근거리는 걸 숨기지 못하는 시선을 나에게 보냈다.

이거 주방을 맡은 자로서 어설픈 요리를 내놓을 수는 없겠는데.

"음, 어디 보자……."

매직 박스를 들여다보면서 재료를 뒤졌다.

좋아. 필요한 건 다 있군.

"사지조 튀김으로 하자."

"아싸! 레키, 그거, 좋아!!"

너무 기뻐서 어휘력이 파괴될 정도로 레키가 좋아했다. 입에서 이미 침이 흐를 정도였다.

이 아이는 너무 본능을 따르며 사는 게 남편으로서 조금 걱정이다.

"네 네, 레키는 앉아서 기다리고 있자."

류시카 엄마가 손수건으로 입가를 닦아주고 의자에 앉혔다.

'사지조(四肢鳥)'는 이름처럼 네 다리가 달린 새인데, 뛰어다니기만 하고 날지는 못한다.

날지도 못하는 데 왜 새라고 하는지는 모르겠지만, 나는 아마 앞다리에 날개가 달려 있어서 그런 게 아닌가 추측하고 있다. 일단 볏도 달려 있고.

날개가 없는 만큼 다리를 사용하므로, 사지조의 다리는 근육이 발달해 있고 살집이 있다. 무엇보다 요리했을 때의 부드러운 맛이 일품이다.

사지조 요리 중에 특히 인기 있는 것이, 향신료로 양념해서 바삭거리게 튀기는 방법이다.

"'파이어'. 여긴 맡겨주세요, 진 씨."

유우리가 마법으로 불을 붙여 기름을 넣은 냄비를 가열했다.

그 틈에 나는 사전 준비를 한다.

"먼저 힘줄을 떼어내고……."

사지조의 다리 살을 먹기 좋게 한입 크기로 잘라서 깊은 접시에 넣었다.

위로 소금, 후추를 뿌리고…….

“이대로도 맛있지만 가릭 열매를 으깨서 넣으면 감칠맛이 더해지지.”

고기 속까지 맛이 배도록 잘 비빈다.

거기에 사지조의 알을 넣고 마로 만든 가루, 밀로 만든 가루와 함께 섞는다.

“좋아. 여기서부터는 유우리에게 맡겨도 될까?”

“물론이죠. 사랑의 공동 작업이네요.”

“하하, 부부니까 앞으로 몇 번이고 하게 될 거야.”

“그럼요. 밤의 공동 작업도 매일 해요. 활력이 좋은지 확인해야죠.”

“잠깐, 어딜 만지려는 거야! 요리 중에는 하지 마! 위생에 안 좋다고!”

몸을 붙이고 팔짱을 낀 그녀가 터무니없는 곳에 손을 뻗으려고 해서 필사적으로 제지했다.

“으음…… 어쩔 수 없죠. 다음번의 즐거움으로 남겨두죠.”

격렬한 공방 끝에 포기한 유우리는 볼을 부풀리고 조리하러 돌아갔다.

마법으로 불을 조절하는 유우리는 튀김옷을 입힌 다리 살을 살살 기름의 바다에 넣어갔다.

차르르르륵, 기분 좋은 소리와 색이 변해가는 모습이 식욕을 돋워서 하나씩 집어먹고 싶어졌다.

"엄청 좋은 냄새……."

"참아, 참아야 해, 레키."

"으으……."

류시카가 레키를 필사적으로 달래는 가운데, 튀김은 마침내 완성의 영역으로.

"마무리는 센 불로 단숨에! 기름 소리가 바뀌면――."

눈을 감고 집중하는 유우리.

우리도 그녀에게 방해가 되지 않도록 조용히 했다.

그리고 그녀의 귀는 사소한 소리의 변화를 놓치지 않았다.

"지금이에요……!!"

유우리는 눈에 보이지도 않는 속도로 튀김을 젓가락으로 집어서 접시 위에 늘어놓았다.

이 접시는 특별한 소재로 가공한 거라 여분의 기름을 흡수하는 기능이 있다.

다소 비싼 게 흠이지만, 몹시 유용한 도구다.

"자, 유우리. 여기에 담아."

그녀가 튀기는 것을 그냥 멍하니 보고 있었던 건 아니다.

집에서 수확한 채소를 깔고 있었다.

유우리는 기름 때문에 번들거리지 않는 것을 확인하자 하나씩 담아나갔고――.

"완성이에요!"
"사지조 튀김!"
""와~!""
짝짝 울리는 레키와 류시카의 박수.
레키는 더 이상 참을 수 없다며 포크와 나이프로 식탁을 탕탕 치고 있는데 배고픈 것을 참고 있는 건 우리도 마찬가지다.
보기 좋게 담긴 초록색 잎 위에 반질반질 빛나는 황금색.
침을 꿀꺽 삼킨 건 한 사람뿐만이 아니라 모두일지도 모른다.
"그럼, 여러분. 식자재에 감사하며."
""""""잘 먹겠습니다.""""""
오랜만에 '성녀'다운 모습을 보여준 유우리의 말에 이어서 식전의 인사를 한 우리는 각자 튀김을 물어뜯었다.
"응! 맛있어!"
바삭한 튀김옷과 육즙이 풍부하고 탱글탱글한 다리 살.
씹은 순간에 흘러넘치는 육즙에 감칠맛이 응축되어 있어서 아주 맛있었다.
육즙이 너무 많아 입 안이 데일 것 같다.
"으음…………!!"
레키는 맛을 음미하고 있는지 말없이 계속해서 씹었다.
표정이 그저 황홀한 것을 보니 아주 만족스러운 모양이다.
"저렇게 맛있게 먹어주니 만든 사람으로서 기쁘네요."
"그래, 만든 보람이 있어."

실제로 마족과의 싸움으로 인해 정신이 마모되는 와중에 조금이라도 레키가 좋아하는 표정을 보고 싶어서 요리 실력을 키운 것도 있고.

이렇게 그녀에게 도움이 된다면 내 노력도 보답받는 것이다.

"힌, 어 억호히퍼(진, 더 먹고 싶어)."

"야, 레키. 버릇없이 입에 쑤셔 넣지 마."

"괜찮아요. 아직 많이 있으니 천천히 먹어요."

"여행할 때 남은 식재료를 쓴 거니까, 아끼지 않아도 괜찮아. 그리고 모처럼이잖아?"

"진…… 유우리…… 류시카…… 어무 조아(너무 좋아)."

볼을 튀김으로 잔뜩 부풀리면서 엄지를 척 드는 레키.

그런 그녀를 보고 웃는 우리.

이렇게 평화롭고 한가로운 점심시간을 보냈다.

"냠냠."

우물거리며 튀김을 맛있게 먹는 레키를 보면서 이미 식사를 끝낸 우리는 잠깐 쉬고 있었다.

참고로 식재료는 이미 다 떨어졌다.

"하하. 레키는 그렇게 먹고 바로 움직일 수 있어? 이후에 바로 움직여야 할 건데?"

"맡겨줘. 소화는 빨라."
"그랬지. 쓸데없는 걱정이었나."
류시카는 웃으면서 차를 한 모금 마셨다.
"그러고 보니 진. 너에게 한 가지 전해야 할 게 있었다."
"응? 뭔데?"
"실은 얼굴을 한 번 비치러 오라는 국왕의 전언이 있었다. 널 만나고 싶어서 안달인 모양이다. 어제는 여러 일이 있어서 잊어버리고 있었어."
"국왕님이? 일부러 나를?"
"너도 용사 파티였으니 이상하진 않잖아? 그리고 국왕은 널 아주 마음에 들어 했으니까."
"그러고 보니. 진 씨가 마지막까지 동행할 수 있도록 한 것도 국왕님이었죠."
"그러게. 고마울 따름이야."
"국왕님이 '그 파티에는 진이 필요하다'면서 반대파를 물리쳤다는 이야기는 저도 들었어요. 영단이었죠."
"국왕은 이 파티가 누구를 중심으로 돌아가고 있는지 아는 거지. '현왕'이라 불릴만해."
확실히 국왕님은 처음부터 나와 레키의 관계를 소중히 여겨준 것 같다.
그렇다고는 해도 국왕님의 마음에 들만한 일은 안 했는데…….
정무로 쌓인 피로를 풀었으면 해서 여행하는 도중에 얻은 약초를 보내거나, 일이 힘들어 보여서 토벌 보고서를 간결하게 정리하거나, 왕궁에서 대기할 때는 휴식한다는 명목으로 같이 놀거나 한 정도다.

"그래서 국왕은 진에게도 감사 인사를 하고 싶어 하는데. 지금부터 나랑 왕궁으로 '전이'하자."

"잠깐만요."

류시카의 제안에 제동을 건 사람은 유우리였다.

응, 나도 류시카가 말한 순간에 분명 싸움이 날 거라 생각했다.

요 며칠 동안 세 명이 몇 번이나 이런 대화를 하는 걸 봤다.

게다가 마법을 맞고 물리적으로 체감했다.

유우리가 이렇게 제지했다.

분명 머릿속에서는 내가 류시카와 붙었다 떨어졌다가 하는 핑크빛 상상을 펼치고 있을 것이다.

그만큼 생각해주는 건 기쁘지만, 걱정하지 않아도 되는데.

"그렇다면 저도 데려가야 해요."

"흠? 얼마 전에 나랑 레키에게 보고를 맡겼던 것 같은데…… 내 기억이 잘못됐나?"

"그, 그건 진 씨를 간병해야 하기도 했고…… 구, 국왕님도 분명 저하고도 만나고 싶으실 거예요!"

"아니, 유우리에 관한 언급은 전혀 없었어."

"……그 턱수염이……!"

국왕을 상대로 그런 욕을 거리낌 없이 할 수 있는 사람은 그녀뿐일 거다.
나는 남은 차를 들이켰다.
좋아! 이런 상황을 수습하는 건 남편의 역할이겠지.
이후를 위해서라도 발 벗고 나서자.
"그럼 다 같이 왕성에 놀러 갈까."
"그건 들어줄 수 없는 부탁이야, 진."
"맞아요. 이건 비정한 싸움이에요. 아무리 진 씨의 제안이라도 양보할 수 없어요."
"나, 유우리, 류시카. 적."
"그런가……. 난 국왕님께 모두를 자랑스러운 아내라고 자랑하고 싶었는데…… 싫으면 어쩔 수 없지……."
"레키! 유우리! 우린 사이가 엄청 좋지!"
"뭘 당연한 소릴 하는 거예요! 내세에도 사이좋은 건 확정이에요!"
"나, 유우리, 류시카. 좋아."
손바닥 뒤집듯이 태도가 바뀌었다. 이렇게까지 시원시원하면 나도 웃음이 나온다.
"차를 다 마시면 나갈 준비를 하자. 집짓기는 돌아온 후에도 할 수 있으니까."
"아니, 그렇지 않아."
"무슨 소리야, 류시카? 우리가 없으면 언데드 드라고나들도 움직일 수 없는 게……."

"이 아이들은 생각보다 우수해. 설계도를 주면 알아서 잘할 거야."

류시카가 그렇게 말하자 소환되어 있던 언데드 드라고나들은 고개를 끄덕였다.

너무 우수하다. 어쩌면 나보다 유능한 거 아닐까.

"물론 우리가 자릴 비워도 폭주할 일은 없으니 안심해."

류시카가 가르쳐줬는데 계약을 위반하면 바로 알 수 있게 되어 있다고 한다. 생사여탈권을 쥐고 있는 건 주인인 그녀.

길든 마물이 진정한 의미로 자유로워질 수 있는 건 주인이 어떠한 불행으로 죽었을 때뿐이라던가.

"그럼 안심하고 다 같이 왕도에 갈 수 있겠네요."

"하지만 오해가 생기지 않도록 마을 사람들에겐 설명하는 편이 좋을 것 같아."

"그러면 사람들에겐 나랑 레키가 설명하면서 돌아다니자. 둘에겐 외출 준비를 부탁할 수 있을까?"

내 역할 분담에 아무도 이의를 제기하지 않았다.

"좋아. 그러면 정리를 끝내면 바로 행동할까."

그리고 척척 일을 진행한 우리는 2시간 후에 왕도로 전이했다.

"이제 전이가 끝났으니까 괜찮아, 다들. 눈을 떠봐."

말대로 눈을 뜨자 시야에 비치는 경치가 완전히 바뀌어 있었다.
자연이 풍부하고 녹음이 넘치는 고향에서 문명이 발전된 화려한 도시로.
"기분은 어때?"
"멀미도 없고, 문제없어. 류시카의 마법은 천하일품이니까 걱정 없어."
"후훗, 칭찬해줘서 영광이야."
전이 마법은 사용자에 따라서는 몸 상태가 안 좋아지는 등의 부작용이 있다.
정성스럽게 짜인 마법진. 발동할 때 사용하는 마력의 조절.
일류 마법사에겐 세세한 요령도 요구되는 것이다.
나도 오랫동안 여행을 해왔지만, 류시카 이상으로 우수한 마법사를 본 기억이 없다.
물론 중립적으로 봐도.
"그럼 갈까. 이 로브가 있으면 아무도 우리가 용사 파티일 줄은 모를 테니까 안심해."
""""네~.""""
류시카를 선두로 왕성으로 이어지는 길을 걸었다.
"진! 저거 봐!"
"응, 어디 보자…… 하하하, 설마 이런 것까지 생겨나 있을 줄이야."
흥분한 레키에게 팔을 잡아끌려 간 곳에서는 '용사 만쥬'라고

적힌 상품이 팔리고 있었다.

"엄청 귀여워."

하얀 만쥬 표면에는 레키의 얼굴이 능숙하게 그려져 있었다. 본인과 비교해도 귀여움이 잘 표현된 것 같다.

"어머나, 정말이네요. 어째 우리의 상품도 있는 것 같아요."

유우리의 시선 끝에는 '성녀 만두 판매 중'이라 적힌 간판이 있었다.

상품을 보니 양념한 고기와 채소를 피로 감싸서 쪘을 뿐인 요리인데…… 이것의 어디에 유우리의 요소가…… 아.

"후후, 알아챘나요? 이것, 같네요."

그렇게 말하고 그녀는 옷 위로 크게 솟아오른 부분을 손가락으로 눌렀다. 뭐든지 포용할 것 같은 부드러움과 감촉이 좋을 것 같은 탄력을 가라앉는 손끝이 보여줬다.

……확실히 유우리에게 지지 않을 정도의 크기다. ……과연 과연…… 이거 불경죄로 혼나거나 하지 않나? 괜찮은가?

"진 것도 있어. '참모 연필'이래. 이걸로 쓰면 머리가 좋아진대."

"내 것만 뭔가 대충 만들지 않았어?"

나는 참모도 아니었고, 이것도 그냥 연필이잖아…….

세 명에 비해 존재감이 희미했던 탓에 뒤에서 암약하는 이미지가 생긴 걸까.

뭐, 뭐 내 기념품도 있다는 것만으로도 다행이라 생각하자! 용사 파티의 일원으로서 잊히지 않았다는 증거니까!

"이런 게 만들어지니 우리가 해온 일의 영향이 느껴지네요."

상인들이 아무런 의미도 없이 이런 상품을 팔 리가 없다.

수요가 있다고 봤기 때문에 이렇게 팔려고 내놓은 것이고…….

그 사실은 국민들 사이에서 우리의 인기가 높다는 증명도 된다.

"그만큼 사람들이 마왕 토벌을 고대하고 있었다는 뜻이지."

"우리 인기 많다."

"하하, 좀 부끄럽지만. 그러고 보니 류시카의 상품은 대체 어떤 거……."

그녀를 모티브로 한 상품도 알고 싶어서 꺼낸 말이었건만, 나는 후회하고 말았다.

적어도 어떤 상품인지 확인한 후에 말을 걸어야 했다면서.

"'현자 전병' 맛있겠다……."

그렇다. 그녀의 옷과 같은 녹색의 얇고 굴곡 없는 전병이었다.

"어라? 어라 어라 어라~? 이건 확실히 류시카 씨한테 딱이네요~?"

"무슨 뜻인지 물어보자, 유우리. 대답에 따라서 마법을 때려 박는다."

"지, 진정해, 류시카! 이건, 그…… 그 왜! 류시카의 올곧은 성격을 나타내고 있는 거야!"

"그럴 리가 있나! 이거 놔라, 진! 난 저기 있는 가게 주인을 때려눕히지 않으면 직성이 안 풀릴 거다!"

"워, 워."

화나서 날뛰는 류시카를 레키와 둘이 붙어서 막았다.
“유우리! 마법!”
“네~, 진정해 주세요. ‘큐어’.”
유우리가 마법을 쓰자 버둥버둥 날뛰던 류시카의 움직임이 얌전해졌다.
아무래도 유우리의 마법이 제대로 작용한 모양이다.
“진정됐나요, 류시카 씨?”
“네, 거기! 도발하듯이 가슴 아래로 팔짱을 끼고 들어 올리지 마! 류시카도 아무리 주위의 인식에 불만이 있다고 해도 날뛰는 건 그만두자.”
“진은…….”
나에게 뒤에서 꽉 잡혀있는 류시카는 올려다보듯이 애원하는 시선을 이쪽으로 돌렸다.
“진은 빈유라도 좋은가……?”
너무 노골적인 질문에 깜짝 놀랐다.
이전에 그녀가 술에 취했을 때 들은 푸념이 있다.
2,8××년이나 살았는데 왜 레키나 유우리보다 가슴이 작냐고.
그때의 슬픈 표정은 지금도 기억하고 있다. 그렇게나 말하는 내용과 표정이 맞지 않았던 적이 없어서.
그렇다고는 해도 그녀에게는 심각한 고민. 그러니 나도 진지하게 답했다.
“아주 좋아해. 난 어떤 가슴이든 아주 좋아해.”

"……그런가. 다행이다."

내 대답에 납득했는지 류시카는 안도했다.

흣, 모두를 위해서라면 내 자존심 따위는 하찮지. 그리고 지금은 주위에 내 목소리가 들리지 않으니 문제없다.

아까 류시카가 말한 대로 우리가 입고 있는 로브에는 어떤 특수한 세공이 되어 있다.

류시카의 손으로 '섀도' 마법을 짜 넣은 것이다.

이걸 걸치기만 해도 우리의 존재감은 사라지고 멋대로 의식의 범위에서 배제된다.

그래서 이렇게 가게 앞에서 상품에 관해 이야기해도, 떠들어도 들키지 않는다.

역시 '현자' 류시카가 만든 일급품.

경매에 출품하면 세계 각국이 거금을 털어서라도 사고 싶어 하는 물건을 이렇게 준비하니 정말 류시카에겐 아무리 감사해도 부족하다.

"……? 내 얼굴에 뭔가 묻었나?"

"아니, 류시카의 얼굴은 언제나처럼 아름다워."

아무리 친한 사이라고는 해도 상대의 선의를 받기만 하는 건 개인적으로 싫다.

역시 호의를 가지고 한 행동에는 답례를 하고 싶다.

류시카가 좋아할 만한 게 뭘까.

"이거 참…… 고마워. 그렇군, 혹시——."

생각에 잠겨있으니, 그녀가 가게 옆의 좁은 골목으로 끌고 가서 벽에 쿵 하고 밀어붙였다.

어? 어? 뭐야?

가슴에 대해 언급해서 원한을 샀나?

"나한테 반해버린 건가?"

그녀의 길고 가느다란 속눈썹 하나하나를 셀 수 있을 정도로 가까운 거리에 류시카의 얼굴이 있었다.

날카로운 눈은 투명했고, 나의 의식을 빨아들였다.

한 걸음만 더 나아가면 몸과 몸이 닿을 것이다.

정말 이야기 속에 나오는 미남 왕자님 같은 행동.

참고로 그녀에겐 연애 경험이 없어서 이런 행동은 전부 소설에서 얻은 지식인 것을 난 알고 있다.

……그러고 보니 이전에 술을 마시고 있을 때 류시카가 이런 푸념도 했었지…….

'내가 연애 소설을 즐겨 읽는 이유는 그런 연애를 동경하기 때문이다'라고.

……아, 좋은 생각이 났다.

"너무 반해서 말도 안 나오나? 진도 내 매력에 푹 빠진 것 같군."

"그렇게 말하는 류시카는 어때?"

"응? 그건 무슨……."

"날 어떻게 생각해?"

"앗?!"

나도 그녀가 자주 읽는 소설을 따라서 손가락으로 턱을 휙 들어 올렸다.

그러자 순식간에 얼굴을 새빨갛게 물들이는 류시카.

나도 낯간지러운 대사에 부끄러움을 느꼈지만, 그래도 끝까지 해내는 것이 사나이다.

“난 물론 류시카를 사랑해. 다음은 류시카가 말할 차례 아니야?”

여행 도중에 그녀에게 빌린 연애 소설의 한 구절을 떠올렸다.

여기서 귓가에 얼굴을 가까이하고…….

“자, 말해보렴?”

“……햐아아아아아.”

맥없이 그 자리에 주저앉는 류시카.

평소에는 당당하고 맑은 목소리도 부들부들 떨렸다.

좀처럼 볼 수 없는 그녀의 모습을 보고 이대로 몰아붙일지 고민하고 있으니――.

“……두 분 다 저희의 존재를 잊은 거 아니에요?”

“진, 둘이서만 꽁냥대는 건 용서할 수 없어.”

――뒤에서 무섭도록 차가운 목소리가 들렸다.

그렇다. 무심코 분위기를 타고 저질렀지만, 레키와 유우리도 있었다.

연기에 몰두한 나머지 나도 모르게 잊어버리고 있었다.

“다른 아내를 방치하고 둘이 노상 플레이…… 이건 너무하다고 생각하지 않나요? 레키.”

"유우리에게 동의."

"저희에게도 같은 것을 해주지 않으면 납득할 수 없어요. 그렇게 생각하지 않나요? 레키."

"매우 동의."

격하게 고개를 끄덕이는 레키. 너무 심하게 끄덕여서 공중에 뜰 것 같은 기세다.

"그러니, 진 씨?"

"자, 해봐."

……둘이 이렇게까지 말하니 나도 도망친다는 선택은 할 수 없었다.

"……음…… 이건…… 느낌이 오네요……."

"응. 나도 진을 사랑해."

당연히 두 사람에게도 똑같이 하게 됐다는 건 말할 필요도 없을 것이다.

부끄러움 때문에 내 멘탈은 박박 깎여나갔다.

인류의 적인 마왕 토벌에 있어서 국가의 협력은 필수다.

레키는 강력한 가호를 지니고 있지만, 태생은 시골 마을의 여자아이다. 전투 기술은커녕 무기를 다루는 법조차 몰랐다.

국가에서 가르치고 키워서 실력을 갖출 수 있었던 거다.

국가 차원의 협력은 그뿐만이 아니다.

마족과 치열한 싸움을 위해 무기, 방어구, 자금 등, 필요한 것들을 모두 국가가 부담한다.

이 모든 지원을 아끼지 않은 것이 바로 현 국왕인 '울발트 메 온'이다.

그는 틀림없이 선량한 왕이다.

"울발트 님께 신세를 많이 졌지."

내가 용사 파티의 일원으로서 레키와 동행할 수 있었던 것도 울발트 님의 지지 덕분이었다.

울발트 일개 소녀가 젊

레키를 '용사'로 보지 않고 '용사'의 가호를 받아버린 여자아이로 대해주고, '파티에는 마음의 버팀목이 되어줄 네가 필요하겠지. 한계를 느꼈다면 그만둬도 좋다. 다만 지금은 함께 걸어줘라'며 나에게 말해줬다.

그런 경위가 있어서 그런지 난 울발트 님께 상당히 큰 은혜를 입었다고 느끼고 있고, 싸우다가 입은 상처를 치료하기 위해 왕성에 있을 때는 적극적으로 도와줬다.

"확실히 그 국왕이 없었으면 우리의 마왕 토벌은 더 늦어졌을지도 몰라."

"라인갓 제국은 '용기사'와 '대검사'를 필두로 마왕 토벌을 시도했지만 실패했으니까요. 국왕님은 성교회와도 보조를 맞추고 엘프 마을에도 직접 찾아갔다고 들었어요."

"국왕은 날 무시하지 않으니까 좋은 사람."

이게 세 사람의 평가다.

유우리가 말한 라인갓 제국은 처음부터 지원을 1년만 할 예정이었기 때문에 그녀들에겐 빠른 마왕 토벌이 요구되었다. 그 때문에 그녀들은 제대로 된 휴식도 못 해 기진맥진한 채로 마왕 간부와의 결전에 임했고, 당연히 만전의 힘을 발휘하지 못하고 패배했다.

불행 중 다행은 우리가 합류했다는 것.

이런저런 일들이 있었던 끝에 그녀들은 마왕을 토벌하는 임무를 우리에게 맡기고 제국을 떠나 각자의 고향으로 돌아갔다.

"잘 지낼까. '플로리아' 씨랑 '루티' 씨."

"우리의 결혼식이 끝나면 만나러 가면 돼. 분명 기뻐할 거야."

"그러면 좋겠네. 그리고 깜짝 놀라겠지, 우리 모두 부부가 됐다는 걸 알면."

"그렇겠지. ……여러 의미로."

여러 의미?

내가 물어보기 전에 유우리가 내 가슴을 쿡쿡 찌르고 말을 계속했다.

"후후후, 지금은 신경 쓰지 않아도 괜찮아요. 조만간 알게 될 거예요."

유우리가 그렇게 말한다면 지금은 제쳐 두자.

그보다 지금은 울발트 님을 알현해야 한다.

아까 왕도 상점가의 분위기가 들떠있는 것을 보면, 국민의 흥분이 가라앉기 전까지는 거리를 활보할 수 없을 것이다.

우리의 이름을 딴 특산품도 그렇지만, 우리를 칭찬하는 목소리들도 귀에 들어왔다.

어린애부터 노부부까지 용사 파티 이야기를 하니 뭔가 구실을 삼아서 특산품이 생겨나는 것도 납득이 간다.

다시금 마왕 토벌이라는 위업의 영향을 깨닫게 된 것 같다.

그래서 유명세라고 해야 할까, 얼굴을 드러내고 정문을 통해 왕성으로 들어가는 것은 불가능하다.

그렇다고 해도 울발트 님은 모습을 숨긴 채로 불법 침입할 필요도 없도록 손을 써줬다.

"나, 이거 비밀기지 같아서 좋아."

"비밀기지치고는 상당히 크지만."

우리를 배려하여 마련한 전용 입구가 왕성을 한 바퀴 빙 돈 뒤쪽에 설치되어 있었다.

그러니까, 분명 이쯤에…… 오, 찾았다 찾았다.

"'언 록: 진 가이스트'."

성벽에서 색이 다른 딱 하나의 벽돌을 만지면서 일부 사람만 아는 주문을 말하자 공간이 구불구불 일그러졌다.

나타난 것은 사람 한 명이 지나갈 정도의 어두운 공간.

사정을 모르면 접하는 것조차 망설여질 정도의 칠흑이 큰 입을 벌리고 우리를 맞이했다.

"주위에는 아무도 없어. 괜찮아."

만일의 가능성을 고려해서 확인한 류시카의 말을 듣고 발을 들였다.

우리의 몸이 전부 어둠에 녹아들자, 바닥에 그려진 류시카 특제 전이 마법진이 발동.

시야가 검은색으로 물든 것도 한순간, 금방 탁 트인 곳으로 나왔다.

그 어둠은 마법진의 존재를 숨기기 위한 위장이다.

——그런 건 아무래도 상관없었다.

우리가 전이한 곳은 왕성의 중앙. 심장부라 해도 과언이 아니다.

울발트 님과 알현하는 홀.

바닥에는 역사가 느껴지는 진홍색 카펫이 깔려있고, 그 카펫이 뻗은 끝에는 이 나라의 주인만이 앉는 것이 허용된 의자가 있다.

그리고 지금도 거기에는 금색과 붉은색과 푸른색 보석으로 장식된 왕관을 쓴 인물이 있었다.

"……잘 왔구나, 진. 레키. 유우리에 류시카."

그 낮은 목소리에는 머리를 숙이게 할 만한 무게와 위엄이 있어서 이분이 바로 국왕이라고 인식시키기에는 충분했다.

날카로운 삼백안은 우리를 바라봤고, 일어선 노구는 당황하지 않고 천천히 이쪽으로 걸어왔다.

이후 자신이 어떤 일을 당할지 깨달은 나는 직립 부동자세 그대로 그와 마주 봤다.

“오랜만입니다, 울발트 님. 진 가이스트, 무사히 귀환 인사를 드리러 왔습니다.”

“그래. 정말이지…….”

울발트 님이 탄탄하고 따뜻한 손을 머리에 얹었다.

몇 번 쓰다듬더니 그대로 팔을 허리에 두르고——.

“정말 잘 돌아왔다~!! 보고 싶었다, 나의 사랑스럽고 사랑스러운 마음의 손자여~!!”

——아주 세게 안았다.

조금 전까지의 위엄은 싹 사라지고 그냥 손자를 귀여워하는 할아버지가 나타났다.

당연히 난 손자가 아니다. 하지만 이 사람은 항상 날 마음의 손자라 부른다.

이 사람이 바로 울발트 메 온.

우리가 사는 메온 왕국의 현 국왕이다.

“이야기는 들었다. 저기 있는 세 사람과 결혼하지? 결혼에 필요한 건 전부 우리가 준비할 테니 사양하지 말고 말해라. 뭐든지 사주마.”

울발트 님 같은 경우에는 정말로 뭐든지 살 수 있어서 가볍게 말할 수 없다.

“국왕. 진은 우리의 남편. 그렇게 안지 마.”

“괜찮잖나? 애초에 그대는 나에게 작업을 떠넘기고 진을 보러 돌아간 주제에 잘도 말하는구나!”

"울발트 님. 나이가 배 이상이나 차이 나는 레키와 말싸움하지 마세요……."

그 말싸움도 날 두고 하는 거라서 부끄럽다.

언젠가 류시카에게 추천받은 연애 소설에서 '그만해! 나 때문에 싸우지 마!'라고 말한 히로인은 이런 기분이었을까.

귀중한 경험을 했네.

"울발트 님이 진 씨를 아주 좋아하는 건 여전하네요."

"나에게 잘 대해주는 건 진뿐이니까! 진은 내 손자야!"

"시종일관 저런 느낌이지."

"하하……."

"하아……."

내 쓴웃음과 류시카의 한숨이 겹쳤다.

이전까지는 이렇게까지 심하지 않았을 건데, 최근 왕성에 놀러 오지 않은 사이에 악화했다.

우선 이대로는 이야기가 진척되지 않으니 일단 울발트 님을 떼어놓았다.

"진정하세요, 울발트 님. 일단 왕좌로 돌아가요, 알겠죠? 오늘은 이것저것 이야기하러 왔으니까요."

"으음…… 어쩔 수 없군. 폐를 끼칠 수는 없지. 어쨌든 나라를 구한 영웅 중 한 명이니까."

"전 별일 안 했어요. 열심히 해준 건 레키와 유우리, 류시카니까요."

"스스로를 비하하지 마라. 그대의 공로를 인정하는 자는 많이 있다. 그건 파티에 있는 세 명이 충분히 가르쳐주지 않았나?"

울발트 님은 그렇게 말하고 레키와 모두를 보고서 씨익 웃었다.

……그랬다. 세 명의 고백을, 사랑을 받고, 필요 이상으로 스스로를 비하하는 건 그만두기로 했다.

그녀들에게 선택받은 것을 자랑스럽게 생각해라.

말 한마디 한마디, 동작 하나하나를 다른 사람이 본다고 생각해라.

역시 울발트 님. 내 단점을 순식간에 알아차리고 지적하셨다.

"……네. 모두 덕분에 전 마음가짐을 새롭게 할 수 있었습니다. 조금 전에 한 말은 잊어주십시오."

"음, 그 부분은 인식을 잘 고친 것 같구나. 표정이 좋아졌어."

울발트 님은 길게 자란 수염을 쓰다듬으면서 웃음 지었다.

아무래도 대답이 만족스러운 모양이다.

울발트 님은 내 머리를 톡톡 쓰다듬고 왕좌로 돌아가 앉았다.

"남자로 만들어줬는가, 리스티아."

"하아…… 대낮에 음담패설은 그만두지 않겠나."

"흐음? 아직이었나. 하긴 그 나이까지 처녀인 그대에게 그런 배짱은 없겠지. 이거 실례했군."

"쳐 죽인다, 썩을 꼬맹이."

"하하핫! 이거 재밌군!"

류시카는 보기에는 젊지만, 울발트 님보다 몇십 배나 더 살았다.

그리고 원래 엘프 중에서도 대표자 자리에 있기 때문에 울발트 님과는 옛날부터 교류했다.
그야말로 어릴 때부터 이미 알고 있는 사이라서 서로 농담을 할 정도로 편하게 대했다.
참고로 레키도 이 정도로 편하게 대한다.
처음 만났을 때는 살아있는 것 같지 않았지……. 정말 울발트 님의 큰 도량에 감사할 수밖에 없다.
"맞아요, 울발트 님. 별로 재미없는 농담은 그만 하세요. 진 씨의 처음은 제가 빼앗을 거니까요!!"
"유우리 씨? 그렇게 말하면 제일 부끄러운 건 나라는 걸 알아줘야 한다?"
"처녀인 주제에 잘도 말하는군. 지식만 많은 계집은 실전에서 창피만 당할 뿐이라고."
"훗, 얕보지 마세요. ——전 이미 백 번 이상의 이미지 트레이닝을 끝냈어요."
그걸 들은 난 앞으로 어떤 태도로 유우리를 대하면 좋은 거냐……!!
왜인지 자랑스러운 듯한 유우리의 압력에 밀렸는지 울발트 님은 '그, 그런가……'라며 대답할 뿐이었다.
그러고 보니 울발트 님은 이런 상태의 유우리를 보는 건 처음일 것이다.
과연, 당황할 만하다.

“……자, 본론으로 돌아갈까. 그대들을 불러낸 이유는 다름 아닌 용사 파티의 결혼. 그에 따른 왕성을 이용한 결혼식에 관한 일 때문인데…… 그 전에 할 말이 있다.”

홀에 울발트 님의 박수가 울렸다.

“다시 한번 약혼 축하하네. 그대들이 맺어진 것을 난 아주 기쁘게 생각한다.”

역시 누군가에게 축복받는다는 건 기분 좋은 일이다.

동시에 이렇게 제삼자가 말하는 것을 들으니 다시금 우리가 결혼한다는 실감이 났다.

“진이 내가 생각했던 것보다 빨리 레키의 고백을 받아줘서 다행이야. 이로써 ‘용사’의 피가 끊어지지 않을 것이야.”

“국왕. 그건 무슨 뜻?”

“말 그대로의 뜻이다. ‘용사’의 가호는 대대로 초대 용사의 피를 물려받은 자에게만 나타난다.”

“엑.”

“그럼, 레키에게도 그 피가……?”

“그래. 아무튼 마족에게 대항하기 위해 초대 용사는 백 명 이상의 아이를 가졌다는 기록이 있으니까. 옅어졌다고는 해도 레키에게도 그 피가 흐르고 있겠지.”

“배, 백 명?!”

엄청난 규모에 나도 모르게 새된 목소리가 나오고 말았다.

얼마 전까지 유우리와 모두가 했던 아이들이 쓸 방에 대한 이야기가 귀엽게 느껴지는 수준……. 얼마나 절륜했던 거냐고, 초대 용사님…….

"이젠 먼 옛날의 이야기라 왕국은 모든 자손을 파악하지 못하고 있네. 하지만 이렇게 지금의 '용사' 레키의 결혼을 도울 수 있게 되었지. 이는 우리로서도 영광스러운 일이네."

"그렇군요. 그래서 왕성을 이용한 결혼식도 쉽게 허가가 났군요."

유우리는 납득한 듯이 고개를 끄덕이고 있었다.

"물론 결혼 후의 지원도 극진하게 할 생각이네. 이는 극단적인 의견이네만. 그대들은 어려운 생각 말고 아이를 낳고 행복하게 살아주면 나라에 큰 도움이 된다네."

"'용사'의 가호를 가질 가능성이 있는 아이들을 둘 수 있어서 그런 거네."

"음. 나는 아이를 원하지 않으면 낳지 않아도 된다고 생각하네만…… 의욕이 넘치는 것 같으니. 마음의 짐이 하나 줄어 다행이야."

"백 명…… 좋아."

"아니, 잠깐잠깐잠깐."

초대 용사님은 남자라서 그런 일이 가능했어.

레키는 여자애. 즉, 한 번에 몸에 밸 수 있는 아이는 한 명뿐이다.

백 살 넘어서까지 아이를 만드는 노부부는 너무 건강하잖아. 현실적으로 백 명은 불가능하다는 걸 레키에게 전했다.

"……아쉽네. 20명 정도로 참을게."

"레키가 20명이라면 전 21명을 목표로 할까요."

"그럼 22명."

"네, 23명."

"나, 난 장수하니까. 배, 백 명이라도 가능하다, 진!"

"경매가 아니라고, 너희."

난 좀 더 평온한 은거 생활을 하고 싶다.

세 명의 희망을 들어주면 거의 매일이 밥, 잠, 성! 으로 끝날 것이다.

죽는다. 그러면 내가 먼저 죽는다.

행위 중에 복상사하는 건 절대로 싫다.

"하지만 그런 구전이 있다면 이외에도 입후보하는 귀족이 있을 것 같은데 괜찮은가?"

"있었지만 그런 혼담은 일축했다. 세상을 구한 영웅을 정치 도구로 쓸 생각은 전혀 없네."

"후훗, 좋은 판단이다, 울발트."

"권력이라는 건 이럴 때를 위해 있는 거지. 마음껏 써줘야지."

역시 그런 이야기가 나왔었나.

세 사람에겐 마왕을 토벌한 용사 파티의 일원으로서 세상을 구한 구세주라는 평가가 붙었다.

특히 레키를 가족으로 들이면 권력 싸움에서 크게 앞설 수 있다. 태어난 아이에게는 미래의 '용사' 후보라는 부가가치까지 붙어오니 말이다.

탐내는 귀족은 분명 양손의 손가락으로 세기에는 손가락이 부족할 것이다.

그리고 그렇게 인기가 많은 세 사람 모두를 채간 게 나인 것이다.

……원한을 사서 살해당하진 않겠지? 좀 걱정되는데.

"그렇게 불안해하는 표정을 짓지 않아도 괜찮아, 진. 우리를 공격할 바보는 없어. 수지가 안 맞으니까."

"나도 같은 의견이네. 애초에 마왕을 쓰러트릴 실력자 셋이 모여 있는 상황 아닌가. 뿌리 깊은 원한이 있더라도 건드릴 수가 없네. 머리가 똑바로 돌아간다면 헛짓이란 걸 알겠지."

"애초에 시민은 널 포함해서 용사 파티로 인식하고 있어. 너도 구세주 중 한 명이다. 건드렸다는 게 공표되면 엄청난 폭동이 일어나겠지."

"……저도 류시카 씨의 말에 동의해요. 진 씨도 여행 도중에 많은 사람을 구해왔어요. 사람들이 분명 고마워할 거예요. 진 씨는 스스로가 생각하는 것 이상으로 사람에게 사랑받고 있는 거예요."

……뭔가 엄청나게 간질간질하다.

이렇게 모두에게 아주 긍정적인 말을 들으면 마음이 훈훈하게 따뜻해진다. 그와 동시에 상냥함에 기대지 말고 기대에 부응할 수 있는 사람이 되어야 한다고 다시금 생각했다.

"근데 유우리. 용케 성교회가 결혼을 허가했네. 거길 설득하는 게 제일 어려울 줄 알았는데."

"우후후, 소녀의 비밀이에요, 류시카 씨."

"……수단은 밝히지 않는 편이 좋을 것 같군. 세상에는 모르는 편이 나은 일도 있지."

류시카는 그렇게 말하고 어깨를 으쓱였다.

"확실히 그렇군. 다음으로 진의 귀족 작위에 대해서군. 이것에 관해서는 내 힘이 부족해서 면목 없게 생각하고 있네. 적어도 자작 작위는 주고 싶었다……."

"머, 머리 숙이지 마세요! 오히려 평민인 절 귀족으로 임명하신 것만으로도 감사하게 생각해요!"

아무튼 귀족이 되지 못했다면 난 세 명과 결혼할 수 없었다.

그것만으로도 평생 감사해야 할 정도다.

"그리고 전 정치 같은 건 모릅니다. 그런 의미에서도 전혀 문제 없어요."

"그렇게 말해주니 위안이 되네. 귀족의 불만을 너무 많이 사도 그때는 칼끝이 이쪽을 향해서 선정을 베풀 수 없게 돼. 나라를 책임지는 입장으로써 그건 피하고 싶었다."

"정말로 남작 작위로도 저에겐 충분하고도 남아요. 이렇게 그녀들과 당당하게 사랑을 키울 수 있는 환경을 만들어주셔서 감사합니다."

"와."

"진 씨도 참 대담해……."

"진……."

"카하하! 그 모습을 보니 왕국도 평안하겠군!"

세 명을 끌어안은 날 보고 울발트 님은 호쾌하게 웃었다.

"그립구먼. 나도 예전엔 그런 열정이 불타던 때가 있었지. 아무튼 그대들과 이야기할 수 있는 시간도 얼마 없다. 나 참…… 손자를 상대하는 시간 정도는 있으면 좋겠건만."

울발트 님은 당연히 바쁘시다.

이렇게 우릴 위해 시간을 내주는 것 자체가 정말 고마운 일이다.

그렇게 생각하면 이 이상을 바라는 건 욕심일 것이다.

"자 그럼, 이제 본론으로 들어갈까."

본론. 즉, 우릴 여기에 부른 목적인 결혼식에 대해서.

"그대들에게 가장 중요한 일이겠지. 왕성을 결혼식에 쓰겠다니……. 크크큭. 잘도 이런 재밌는 생각을 하는구나."

울발트 님은 유쾌하게 웃고 있지만, 난 메마른 웃음밖에 안 나왔다.

정말 기가 막히는 제안이라 생각한다.

하지만 이 안은 아주 효율적이라고 한다.

실은 그 이야기를 들은 후에 유우리와 류시카에게 물어봤는데, 나라가 대대적으로 결혼을 축하함으로써 다양한 메리트가 있다고 한다.

하나, 타국에 메온 왕국이 중개자가 된 부부라고 견제할 수 있다.

하나, 마왕 토벌이라는 경사스러운 화제가 있는 가운데 거행함으로써 반대 세력의 부정적인 의견을 봉쇄할 수 있다.

하나, 용사 개선과 동시에 진행함으로써 비용을 줄이는 것과 동시에 시민이 국가에 대한 긍정적인 이미지를 가지게 할 수 있다.

그 이유들은 이치에 잘 맞았고, 그렇기에 왕성을 결혼식에 이용한다는 허가를 받을 수 있었다.

실제로는 아까 울발트 님이 이야기한 사정도 있겠지만, 승산이 있는 단계까지 끌고 간 두 사람은 정말 대단하다.

"계획은 잘 진행되고 있나요?"

"걱정하지 마라, 페리시아. 전 세계가 주목하는 결혼식이다. 어중간한 건 용납할 수 없다. 메온 왕국의 위신을 걸고 약속하지."

"그러면 다행이네요. 시간이 얼마나 걸릴 예정이죠?"

"결혼식 준비가 다 될 때까지 약 한 달 정도 걸릴 거다. 기간이 기간인 만큼 각국의 높으신 분들은 부를 수 없지만, 문제없겠지."

"네. 그보다 결혼식 준비가 지연돼서 각 진영에 파고들 틈을 주는 게 좋지 않죠."

유우리의 의견에 울발트 님도 고개를 끄덕였다.

"그러니 잠시 기다려라. 기다리는 동안에는 여독을 풀고 넷이 느긋하게 지내라. 왕성의 방 몇 개를 빌려주지."

"감사합니다!"

마침 잘 됐다. 새집을 준비하는 동안에도 부모님의 집에서 지내는 건 좀 그렇지…….

부모님에게 놀림 받고, 좁은 내 방에 네 명이 사는 건 아무래도 무리가 있다.

면적을 생각해도, 내 이성을 생각해도.

역시 첫날밤은 결혼한 후에…… 해야 한다는 마음이 있다.

소심하다고 무시당할지도 모르지만, 난 그녀들에게 똑바로 사랑을 맹세한 후에 하는 편이 좋다고 생각한다.

이에 관해서는 의견을 바꿀 생각은 없었다.

"혈통 이야기를 할 때도 이야기했지만 왕국으로서 이 결혼식에 관여할 수 있는 건 우리에게도 명예다. 세상의 영웅님에게 도움을 줄 수 있으니 말이다."

"명예…… 쑥스러워."

"그만한 일을 했어. 그리고 이런 식으로 생각하는 건 역대 국왕도 똑같았다."

"……울발트 님, 그건 대체 무슨……?"

"용사가 치르는 결혼식에 사용하는 신부 의상, 신랑 의상. 그리고── 결혼반지. 전부 메온 왕국이 보관하고 있다."

""""""?!""""""

보관하고 있다니, 그 말은 즉…… 예전의 '용사'들이 사용한 의상이 그대로 있다는 뜻인가?!

"그, 그런 일이 가능한가요?"

"페리시아가 의문을 가지는 것도 지당하다. 하지만 결론을 말하자면 가능하다. 왜냐하면 제작에는 인류뿐만 아니라 마족을 제외한 모든 종족이 관련되어 있기 때문이지."
"모든 종족이라니…… 그런 일이……."
유우리가 놀라는 것도 당연한 반응이다.
엘프, 드워프, 드라고나, 비스트, 머메이드……확실히 마왕에게 대항한다는 기치를 내걸고 서로 협력하고 있지만 보조를 맞추는 건 쉽지 않을 것이다.
모든 종족이 제작과 관련되어 있다고 생각하면, 혼례용품들의 가치는 헤아릴 수 없다.
"그, 그렇게 귀중한 걸 저희가 써도 되나요?"
"물론. 그렇게 쓰기 위해 만든 물건이다. 혹시 몰라서 각 종족의 왕에게도 연락은 해뒀지만."
"답을 기다리고 있는 건가요……."
"울발트. 만약 허가하지 않으면 그때는."
"──내가 반드시 허가하게 만든다. 그러니 안심하고 결혼식을 기대하고 있으면 된다."
"……훗, 그런가. 그런 말도 할 수 있게 되었군."
국왕의 위엄이 느껴지는 발언에 류시카도 더 이상 따지지 않았다.
"언제까지고 애 취급하지 마라. ……그럼, 진, 레키, 유우리, 류시카."
울발트 님은 다시 자세를 바로잡더니── 그대로 머리를 숙였다.
"너희는 착실하게 책임을 다해줬다. 고통도, 아픔도, 괴로움도 전부 참고 말 그대로 목숨을 걸어줬다. 그러니 이번엔 우리가 보답할 차례다."

그리고 울발트 님은 사람 좋아 보이는 부드러운 웃음을 지었다.

"이제 너희가 평화롭게 만든 세상에서 마음 편히 서로 사랑하며 살아라."

그 말을 듣고, 참가하지 않아서 환영 같았던 마왕을 토벌했다는 사실이 이제야 현실이 된 것 같은 느낌이 들었다.

울발트 님이 내어준 방은 지금까지 본 방 중에서 가장 넓었다.

넓기만 한 게 아니다.

푹신푹신한 소파. 시선을 빼앗길 정도로 호화로운 샹들리에. 반짝반짝 빛나는 대리석 바닥.

무엇보다도 눈길을 끄는 것은 캐노피가 달린 킹사이즈 침대.

푹신푹신해서 하늘에 뜬 구름 위는 분명 이런 느낌일 것이라는 생각이 들게 만드는 편안함.

그런 방을 인원수만큼 내어줬을 텐데…….

"……아무리 침대가 크다고 해도 네 명은 역시 좁다고."

"난 이 정도면 충분해."

"맞아요~. 그만큼 꼭 붙어있을 수 있잖아요."

"곁에서 사람의 피부를 느낄 수 있는 건 좋은 일이지."

“……그건 그럴지도 모르지만.”

우리가 모두 같은 침대에 들어가 있었다.

양옆을 유우리와 류시카가 차지하고, 레키는 내 위에 올라탔다.

덕분에 난 꼼짝 못 하게 되었다.

다른 의미로도 섣불리 움직일 수 없는데.

“음…… 좀처럼 제일 편한 자세가 안 잡혀…….”

“레, 레키. 너무 꿈틀거리지 마.”

“……? 진, 뭔가 딱딱해졌는데――.”

“그, 근육이 뭉쳤을지도?!”

“어머나, 그러면 안 되죠! 제가 확인할게요!”

“나, 나도 치료하기 위해서는 환부를 만져야……!”

“둘 다 손 집어넣으려고 하지 마! 괜찮아! 괜찮다고!”

희희낙락하며 뻗으려고 한 손을 잡고 어떻게든 도달을 저지했다.

하지만 그러는 동안에도 레키는 움직이는 걸 멈추지 않았다.

아아…… 아아……! 가슴에 뜨뜻미지근한 숨이 닿아서, 근질근질해……!

밀착하고 있어서 말캉하게 형태를 바꾼 부드러운 감촉도 끊이지 않아……!

그, 그래. 이럴 때는 진지한 생각을 하자!

“그건 그렇고 결혼 의상에 결혼반지까지 준비되어 있다니 놀랍네!”

“어라~? 뭉친 곳은 이제 괜찮나요? 아니면 다른 곳이 뭉쳤다

던가?”

유우리가 달콤한 목소리를 내며 더욱 밀착했다.

위에 있는 레키뿐만 아니라 오른쪽에서도 가슴 공격이 덮쳐왔다.

제, 젠장! 이 변녀…… 놓아줄 생각이 없어. 눈이 포식자의 눈이야……!

……이렇게 되면 어쩔 수 없다. 이 방법만큼은 쓰고 싶지 않았지만……!

난 왼쪽에서 머뭇거리고 있는 류시카의 가슴팍으로 시선을 옮겼다.

그 굴곡 없는 평탄함을 보고 난 침착함을 되찾았다.

“——잠깐만, 진. 왜 날 보고 안심한 표정을 짓는 거지?”

“아, 아니야, 류시카! 그러니까 얼굴을 움켜쥐는 거어어어언?!”

아이언클로를 맞아서 우지직, 이상한 소리가 났다.

이걸로 됐어……! 이걸로 된 거야……!

얼마 안 있어 해방됐을 무렵에는 에로틱한 분위기는 이미 사라졌고, 모두 잘 기분이 아니게 되어서 테이블에서 홍차를 마셨다.

후우…… 몸도 마음도 따뜻해진다.

“류시카 씨가 진 씨의 책략에 넘어가서…… 모처럼 분위기 좋았는데.”

“그, 그렇긴 하지만? 가, 가슴을 조롱당하면 아무리 유우리라도 화나잖아?”

"화 안 나는걸요? 전 돼지라고 매도당해도 좋아하니까요."

"동의를 구할 상대를 잘못 골랐군……!"

"유우리는 무적. 난 진이 돼지라고 하면 슬플지도……."

"괜찮아요, 레키. 진 씨는 그런 말을 할 사람이 아니니까요. 그렇죠, 진 씨?"

"당연하지."

아까는 어쩔 수 없이…… 아니, 어쩔 수 없었다고 해도 해서는 안 됐다.

내가 좀 더 강철 같은 이성을 가지고 있었으면 문제없었다.

지금은 류시카에게 한 번 더 사과하고 위로하자.

"류시카. 아까는 미안해."

"진……."

"안심해. 난 류시카의 작은 가슴도 좋아하니까."

"진……!"

어라? 뭔가 말을 잘못하기라도 한 걸까?

류시카의 눈이 안 웃고 있는 것 같은데…….

더 이상 이 화제로 계속 이야기해서는 안 된다고 뇌가 위험 신호를 보내서 바로 화제를 바꾸기로 했다.

"근데 기대된다. 전통 결혼 의상."

"응. 내 사이즈도 있는 것 같으니, 다행이야."

"내 사이즈까지 있다고 하니 말이야."

"확실하진 않지만, 다양한 체형의 여성과 결혼했기 때문이라던데. 옛날 용사님은 대단했네요.”

거기, 당신. 힐끔힐끔 여길 보지 마.

대단한 건 용사님이고 그 피를 이어받은 사람은 레키니까 착각하지 말도록.

“결혼반지도 각 종족과 평화의 증표로서 소중하게 보관되어 있다고 하고, 귀중한 체험을 할 수 있을 것 같아서 전 기뻐요.”

“결혼식 당일까지 못 끼는 게 슬퍼.”

“그만큼 귀중하겠지.”

“그보다 내일부터 공부해야 하는 게 우울해…….”

풀이 죽어서 테이블에 볼을 얹는 레키.

사실 우리는 결혼식을 올리는 날까지 왕성에서 공부하게 되었다.

특히 나와 레키는 농촌 출신이라 제대로 된 교육을 못 받고 마왕 토벌 여행을 떠났기 때문에 어려울 것이라고 한다.

이번만큼은 레키에게 동의한다.

예절 강좌도 있다고 하는데, 전혀 해낼 자신이 없다…….

“모두가 지켜보는데 대충할 수는 없으니까. 나도 가르쳐 줄 테니 열심히 하자.”

“응…….”

“이걸 극복하면 결혼식. 그리고 꿈에 그리던 신혼 생활이에요. 힘내서 해봐요!”

“신혼…… 나, 열심히 할래!”

아무래도 죽어 있던 의욕 게이지는 부활한 모양이다.
그 요인이 나와의 결혼 생활인 게 좀 기쁘다.
“그러고 보니 마을에 ‘언데드 드라고나’를 한 달 동안 방치하게 될 건데 괜찮아?”
“문제없어. 여기서도 지시는 충분히 내릴 수 있으니까. 집짓기뿐만 아니라 농사도 돕도록 명령했어.”
“역시 ‘현자’ 류시카 씨. 그렇게 아버님과 어머님에게 점수를 딸 생각이군요.”
“그, 그런 거 아닌데? 살아갈 마을의 발전을 생각해서…….”
“맨 처음 선수를 친 것도 류시카 씨였죠~.”
“음흉한 여자.”
“레, 레키?! 그 말은 심하지 않나?!”
“와~, 류시카 음흉해~.”
“엉덩이가 순산형~.”
“음흉하다는 게 그런 의미가 아니잖아?!”
그리고 세 명은 왁자지껄 즐겁게 떠들기 시작했다.
그 모습을 지켜보면서 난 약간 식은 홍차를 마셨다.

참고로 이때 약간 있었던 여유는 한 달 동안 같은 침대에서 자야만 한다는 사실을 깨달은 순간 깔끔하게 사라졌다.

"와, 와, 와버렸어……."

후드를 푹 눌러쓴 히나는 두리번두리번 주변을 둘러봤다.

하지만 히나의 정체를 알아차린 사람은 아무도 없었다.

히나가 히나라는 걸 알면 난리가 났을 테니까.

그야 히나는 그 간사함과 포악함의 화신이라 불린 마왕! 카이저의 딸이니까요!

"많이 망설였지만 포기하지 않은 보람이 있어……!"

유약해진 아버님의 모습을 보고 마왕성을 뛰쳐나온 지 약 열흘…….

왕도의 존재는 알고 있어도 왕도까지 가는 길은 몰랐던 히나는 전혀 다른 나라에 가기도 하고 계속 바다 위를 날아다니기도 하고…….

아무튼 끔찍한 경험을 했어.

하지만 포기하지 않고 힘내서 도착할 수 있었던 이유는 왕도에는 메온 왕국에서 가장 큰 서점이 있으니까……!

무, 물론 인류를 멸망시키는 것도 중요하지만 모처럼 왕도에 왔으니, 이곳만큼은 들러보고 싶었다.

왜냐하면 히나가 애독하는 '약하다는 말을 듣는 후위술사지만 사실은……! ~믿음직하지 않은 그 녀석이 보여주는 전장에서의 늠름한 모습~'은 여기에서만 판다!

이 책의 훌륭한 점은 뭐니 뭐니 해도 히어로 역할인 후위술사 준이 보여주는 갭.

평소에는 믿음직하지 못한 사람 좋은 웃음을 짓고 있는데 주인공이 위기에 빠지면 표정이 달라지고 늠름해진다.

이게 참을 수 없이 좋단 말이죠~.

예를 들자면, 지켜주고 싶은 강아지가 기특하게 분발하는 순간…… 몇 번을 읽어도 좋아요.

파루루카에게 조사를 시켜보니 이 책은 그다지 잘 안 팔려서 큰 거래처인 왕도의 대서점에서만 손에 넣을 수 있다고 하는데…….

그리고 최종권이 발매된다는 소식을 듣고 히나는 가만히 있을 수가 없었다.

우연히 파루루카가 멸망시킨 마을에서 주워 온 이 책과의 인연은 길다.

지금까지는 파루루카가 찾아올 때까지 참았지만, 최종권만큼은 피로 더러워지지 않은 새것을 갖고 싶었다.

"가, 갑니다……."

절대로 외투가 벗겨지지 않도록 손으로 후드를 누르고 걷기 시작했다.

히나의 머리에는 아버님과 똑같은 뿔이 있다. 아직 작지만 누가 보면 금방 마족이라는 걸 들키고 말 거예요.

날뛰는 것에 대한 저항감은 딱히 없지만 신간을 손에 넣을 때까지는 얌전히 있을 생각이었다.

"그, 그러니까…… 아마 이쪽일 텐데……."

"음~…… 다음은 오른쪽으로 갈까……."

"……어라? 여긴 아까도 지나간 것 같은데……."

서, 설마…….

"미아가 됐어요……!"

대서점을 향해 가길 수십 분. 히나는 아주 훌륭하게 미아가 되어 있었다.

"왕도는 왜 이렇게 넓은 거야……!"

지도 같은 것도 없고, 곤란하네요…….

그건 그렇고 왕도에 있는 인간이 이렇게까지 차가운 줄은 몰랐어요!

확실히 옷차림은 조금, 아~주 조금 수상한 히나지만, 말을 걸어도 피하는 녀석뿐.

덕분에 아직 대서점에는 도착하지 못했어요……. 역시 인간은 멸망시키는 게 제일이네요.

"음~, 어떡할까……."

눈에 띄지 않게 뒷골목에서 이후에 대해 생각하고 있으니,

"야, 너. 어디 놈이냐. 아까부터 중얼거리는 게 수상한데."

상당히 거칠게 생긴 몸집 큰 남자가 히나에게 말을 걸었다.

"어차피 시골에서 올라온 가난뱅이지? 그 로브, 상당히 너덜너덜하니 말이야."

상스럽게 실실 웃는 남자를 보고 '이 녀석은 히나를 약자로 보

고 깔보고 있다'는 건 알 수 있었다.

히나의 동료가 인간을 괴롭히기 전에 짓는 표정과 많이 닮았기 때문에.

그렇다면 번거롭게 됐네요.

피떡으로 만들어도 상관없지만 뒤처리가 귀찮다.

외투에 이 남자의 피가 묻으면 더는 거리를 걸을 수 없다. 즉, 책을 손에 넣을 수 없게 된다.

조용한 곳을 찾아서 인기척이 없는 뒷골목을 고른 것도 실수였나요.

왕도라고 해도 이런 곳에는 아직 있네요~, 깡패가.

"어이! 아까부터 뭘 무시하는 거냐, 이 자식아!"

"깽깽 시끄럽게 짖는 개네요……."

"이 꼬맹이가…… 얕보고 자빠졌어! 죽인다!"

남자는 주먹을 크게 들어 올렸다.

무심코 하품이 나올 정도로 느리다.

이런 느림보가 히나를 죽이겠다고 잘도 지껄이네요. 전형적인 몸집만 큰 남자라는 느낌이에요.

……어쩔 수 없죠. 소란이 일어나겠지만 책을 못 얻는 것보다는 나아요.

이번엔 팔을 꺾는 정도로 용서하죠.

그렇게 정한 히나는 남자가 주먹을 내려치는 걸 기다렸고——.

"대뜸 주먹부터 휘두르는 건 아니지."

주먹이 내려오는 일은 없었다.
로브를 걸친 또 한 명의 남자에게 팔을 잡혔기 때문이다.
"뭐, 뭐냐?! 젠장, 팔이 안 움직여?!"
자기 팔이 잡혔다는 걸 인지하지 못했어……?
……아아, 과연.
로브에 '새도' 마법을 걸어둔 건가.
상당히 수준 높은 마법이네요. 저 로브 한 벌로 엄청난 금액의 돈이 움직일 거예요.
히나 정도가 아니면 존재한다는 사실 자체를 간파하지 못하겠죠.
"이걸로 반성하라고."
"우와아아아아앗?!"
몸집 큰 남자는 자신이 누군가에 의해 움직이는 것도 모르는 채로 내던져졌다.
……흠. 훌륭한 업어치기.
상당히 단련했다는 걸 몸놀림을 보고 알 수 있었다. 이만한 로브를 가지고 있는 것도 납득돼요.
"유, 유령이다아아아아!!"
풉…… 한심해요~.
얼굴이 파랗게 질려서 자신의 미숙함을 깨닫게 된 몸집 큰 남자는 꼬리를 말고 도망갔다.
자 그럼, 이제 히나를 구해준 분이 떠나는 걸 기다릴까요.

도움 같은 건 딱히 필요 없었지만, 그 의기를 높이 평가해서 이번에는 못 본 척 해주죠.

저런 로브를 입고 있다는 건 정체를 들키고 싶지 않은 것일 테니, 답례도 필요 없겠죠.

자, 빨리 떠나――.

“저, 저기……!!”

――히나는 자기도 모르게 그를 불러 세우고 있었다.

어설픈 인간어로 제대로 발음하고 있는지도 의심스러웠다.

그 정도로 흥분과 긴장을 느끼고 있었다.

그도 설마 자기를 부른 것이라고는 생각지도 못하고 주위를 둘러본 후에 히나와 눈이 맞고 있다는 것을 알아차렸다.

“설마, 나?”

히나는 고개를 붕붕 끄덕였다.

“이상하네. 평범한 사람에게 보일 리가 없는데…….”

그가 고개를 갸웃거리는 것도 어쩔 수 없는 일이죠.

히나가 아니었다면 그의 선행은 결코 누구에게도 알려지지 않고 끝났을 것이다.

하지만 히나였기에 그를 알아차릴 수 있었다.

그래. 역설적으로 말하자면, 이건…… 운명이에요~!!

“저기…… 그…….”

딱 하나 확인하고 싶은 게 있었다.

불러 세운 이유도 그걸 알고 싶었기 때문.

만약…… 만약 히나가 잘못 본 게 아니라면…….

"후드를 벗어주실 수 있나요……?"

히나가 그렇게 말하자 그는 왠인지 체념한 듯한 표정을 지었고, 순순히 쓰고 있던 후드를 벗었다.

"흠, 들켜버렸나."

드러나는 검은 머리카락. 부드럽게 가운데로 가르마를 탄 헤어스타일. 상냥함이 느껴지는 눈동자.

사람 좋아 보이는 웃음에 패기가 느껴지지 않는 태도.

거친 일 같은 건 도저히 못 할 것 같은데 난처해하는 히나를 도와줬을 때는 역전의 강자 같은 분위기를 풍겼다.

"……대단해."

"미안. 이 일은 비밀로."

"대단해요~!!"

"으엑?!"

히나는 그의 주위를 빙글빙글 돌며 여기저기서 용모를 확인했다.

아아…… 하나부터 열까지 '약하다는 말을 듣는 후위술사지만 사실은……! ~믿음직하지 않은 그 녀석이 보여주는 전장에서의 늠름한 모습~'의 쥰이랑 똑 닮았어요~!

대단해 대단해! 이런 기적이 있을까!

호, 혹시 이분이 모델이 아닌지?! 라는 생각이 들 정도로 똑 닮았어요.

"그래서 넌 왜 이런 곳에 있는 거야? 숙박 시설이라면 반대쪽에 있는 상업 구역에 있는데."

"헉! 그랬죠. 실은 히나, 길을 잃어서……."

"아, 그랬구나. 괜찮으면 안내할까?"

어, 어쩜 이렇게 착할까요.

역시 이분, 쥰의 모델이 아닐까요……? 다른 인간들과는 다르네요~.

하지만 도움을 받은 처지에 그에게 이 이상 폐를 끼칠 순 없어요.

어쨌든 지금의 히나는 걸어 다니는 폭탄. 만약 함께 걸어 다니고 있을 때 히나가 마족이라는 걸 들키면 그까지 의심받게 되겠죠.

최악에는 인간들에게 박해받을지도…… 응? ……그렇게 되면 히나가 마왕성에 그를 데려가면 문제없는 것 아닌가……?

"……?"

아, 안 돼요, 히나! 그런 은혜를 원수로 갚는 짓은 마왕족의 수치에요!

빼앗을 거면 정정당당하게 정면으로!

이렇게 수상한 모습을 한 히나를 순수한 눈동자로 바라보는 이분을 속이는 짓은 할 수 없어요!

"가고 싶은 곳의 이름은 알아?"

"아, 네헷! 실은 대서점에……."

"그렇구나. 다행히 멀지 않네."

"정말인가요?!"

"잠깐만 기다려."

후드를 다시 쓴 쥰(가칭)은 종이를 꺼내더니 사각사각 펜을 놀렸다.

"자, 여기. 대서점까지 가는 길을 그려뒀어."

"고, 고마워요."

"사실은 직접 안내해주고 싶지만, 나도 용무가 있어서. 미안."

"아니에요."

그야 이렇게 상냥하게 대해주는 건 히나, 처음이니까요…….

"그럼 어딘가에서 또 만날 수 있으면 좋겠네, 히나 씨."

"! 마, 만날 수 있어요! 그때 답례는 반드시 할게요!"

"하하, 기대할게. 그럼 안녕."

쥰(가칭)은 히나에게 손을 흔들고 떠났다.

히나는 그 뒷모습을 멍하니 바라봤다.

……좋아요. 아주 좋아요, 그는……. 이 얼마나 보호 욕구를 자극하는 분인가요.

갖고 싶어. 정말 갖고 싶어졌어요.

"히나 아가씨!"

그의 등이 보이지 않게 될 때까지 바라보고 있으니, 얼마 안 있어 들은 적 있는 목소리가 히나의 이름을 불렀다.

돌아보니 똑같이 로브를 몸에 두른 파루루카가 있었다.

"어머, 파루루카. 왜 당신도 왕도에?"

"마왕님의 명령으로 히나 아가씨를 쫓아왔습니다. 어디에 잠복하고 계셨던 겁니까?"

"잠복? 히나는 오늘 막 도착했어요. 길을 헤매서."

"……아가씨가 얼마나 맹한지를 얕본 모양이군요. 어쩐지 찾아도 없더라니."

중얼중얼 한마디, 두 마디 중얼거리는 파루루카.

그녀는 자주 생각에 잠기는 습관이 있다. 뭐든지 생각한 대로 솔직하게 행동하는 게 당연히 좋을 텐데.

"……아니, 그런 건 됐습니다. 몸에 이상은 없습니까?"

"이상? 있을 리가 없잖아. 무슨 이상한 소릴 하는 걸까."

"이상한 건 아가씨입니다. 아까 전의 그 남자, 진이라고 하는 용사 파티의 일원이라고요?!"

"뭐라고요?! 이름도 쏙 빼닮았어?!"

"빼닮다니요……?"

"차, 착각했어요. 그, 그렇게나 멋진 분이 용사 파티……?"

"네? 멋진 분……?"

"그건 착각하지 않았어요."

"히나 아가씨?!"

말도 안 돼요……!

아무리 생각해도 아버님을 쓰러뜨린 여자들과는 정반대의…… 헉?! 서, 설마……!

"자, 히나 아가씨. 찾으시는 책을 사셨다면 마왕성으로 돌아가시죠. 마왕님도 걱정하고 계십니다."

"……아뇨, 파루루카. 갖고 싶은 게 또 하나 생겼어요."

"또 하나…… 어, 설마…… 그 남자, 라고는 하지 않으시겠죠. 아가씨……."

"그 설마에요~!"

히나, 알아버렸어요.

진 님은 용사 파티에서 노예 취급을 받는 거예요!

같은 파티 멤버라면 뭔가 사러 갈 때도 같이 갈 거예요! 그런데 그에게만 떠맡기고…….

그 여자들은 분명 지금쯤 아버님을 토벌한 포상으로 자기들만 호화롭게 놀고 있을 거예요!

진 님은 상냥하니 불평 한마디 하지 않고 받아들이고 있겠죠. 어쩜 이렇게 가엾고 약하고 귀여운 걸까.

이 히나가 지켜드리지 않으면 안 되겠어요!

"그, 그만두세요! 그 남자를 납치하면 용사 파티가 전력으로 막으러 올 겁니다!"

"어라? 왜?"

"앞으로 열흘도 안 되어 용사 파티의 결혼식이 열릴 예정입니다. 그 신랑은 진 한 사람. 즉, 전원이 진과 서로 사랑한다는 증거입니다."

"쯧쯧쯧. 그건 틀렸어요, 파루루카."

그는 결혼이라는 이름의 노예계약을 맺기 직전인 상황에 놓였을 뿐이다. 앞으로도 자기들 수중에서 놓치지 않도록.

애초에 정말로 서로 사랑하고 있다면 누군가 한 명으로 좁힐 수 있을 것이다.

'약하다는 말을 듣는 후위술사지만 사실은……! ~믿음직하지 않은 그 녀석이 보여주는 전장에서의 늠름한 모습~'의 주인공도 정말로 사랑하는 사람은 쥰밖에 없다면서 계속 그만을 사랑했는걸요!

평생 노예 취급을 받는 계약을 맺기 전에 히나와 그는 만났다.

그리고 그는 내 애독서에 나오는 히어로 그 자체.

이는 분명 악마신님의 인도일 거예요.

그렇다면 그에 응하는 것이 마왕의 피를 이어받은 자의 사명!

"정했어요, 히나."

"대충은 예측이 되지만…… 무엇을 말입니까?"

"진 님도 마왕성에 데리고 돌아갑니다!"

"하아…… 역시 이렇게 돼버렸어……. 마왕님은 어떻게 설득하실 거죠? 지금의 마왕님이 용서하실 것 같진 않은데."

"인간과 친하게 지내기 위해서는 우선 인간에 대해 알아야만 해요! 이렇게 말하면 아버님도 분명 이해하실 거예요!"

그리고 이건 단순한 유괴가 아니에요.

진 님을 구하기 위한 유괴!

이로써 아버님이 불평해도 완전히 논파할 수 있어요!

"반드시 데리고 돌아갈 거예요~!"

"이젠 싫어…… 나, 집에 가고 싶어……."

"뭘 훌쩍거리는 건가요. 그렇게 정해졌으니 바로 작전 회의에요. 당신이 잠복해 있던 곳으로 안내하세요."

그렇네요. 히나의 첫 출전이기도 하니, 이왕이면 마왕의 딸로서 아주 화려하게 등장하고 싶네요.

한창 결혼식을 하는 도중에 나타나면 최고가 아닐까. 맹세의 키스를 하기 전에 하늘에서 내려와 씩씩하게 사로잡힌 진 님을 데려가 보이겠어요.

"완벽하네요."

"전 압니다. 분명 대수롭지 않은 생각을 하고 있다는 걸……."

우후후, 기다려주세요, 진 님.

이 마왕의 딸인 히나가 지도를 준 보답으로 구해드리겠어요~.

……아! 먼저 신간을 사러 가야 해요!

"……아까 본 애, 잘 도착했으려나."

"진. 왜 그래?"

"아니, 아무것도 아니야. 계속해서 할까."

"봐줄 필요 없어. 전력으로 덤벼."

"레키 상대로 봐줬다간 순식간에 당한다고."

잠깐 살 것을 사고 돌아온 난 왕성의 널찍한 안뜰에서 레키와 대련을 하고 있었다.

요 며칠 동안 공부만 해서 쌓여있던 레키의 울분을 풀어줄 생각이다.

딱 좋은 기분 전환이 되고 있는지 머리가 과열돼서 녹아내렸던 표정도 원래대로 돌아오고 있다.

"에잇."

귀여운 기합으로는 상상할 수 없는 속도의 횡 베기를 날렸다.

이에 대항하여 난 쥐고 있던 작은 칼을 '성검'의 도신에 대서 미끄러뜨리듯이 궤도를 돌려 위력을 흘려보냈다.

나의 가호인 '조숙'은 다른 사람보다 젊을 때의 성장 속도가 빨라지는 만큼 성장 잠재력이 적다는 핸디캡이 있다.

하지만 이 '조숙'이 대단한 점은 어떤 분야에서든 발휘된다는 점이다.

마법을 배우면 흔히들 말하는 중급 마법까지는 금방 습득할 수 있고, 체술을 배우면 달인에는 못 미치지만, 전투에 활용하기에는 충분한 몸놀림을 습득할 수 있다.

한 분야를 끝까지 파고들지 못한다면 들고 있는 패의 수를 늘리면 된다.

그것이 레키와 모두에게 도움이 되고 싶다고 생각한 내가 선택한 길이었다.

"잘하네. 그러면 이번엔 이런 느낌."

"우옷……! '아이스 블레이드'!"

레키가 검을 휘두르는 속도를 올리기 시작해서 마법으로 얼음 검을 만들어내서 이도류로 그녀의 참격을 전부 막았다.

한 수라도 순서를 틀리면 순식간에 균형이 깨진다. 레키도 어지간히 몸을 움직이고 싶었던 거겠지.

"응, 역시 진은 빠르게 대처가 가능한 무기를 쓰는 게 좋겠어."

수십 번의 공격을 계속해서 받아냈을 때 레키는 공격을 그만뒀다.

아무래도 만족한 모양이다.

그 모습을 보고 나도 숨을 크게 내쉬었다.

레키에겐 가벼워도 나에게는 긴장을 풀 수 없는 대련. 호흡하는 한순간의 틈에 순식간에 주도권을 빼앗긴다.

"손재주가 좋은 게 장점이니까."

"하지만 좀 더 공격적인 편이 좋아. 진은 너무 수비적이야."

"윽…… 짚이는 구석이 너무 많아. 조심하겠습니다."

레키의 말대로란 말이지.

자신보다 강한 사람과 겨뤄서인지 나도 모르게 자연스럽게 수세를 취하는 것 같다.

아무래도 자신보다 강자를 이기려면 카운터를 이용해야 하니.

하지만 공격에 나서질 않으면 상대의 공격을 받아내기만 하는 어려운 상황이 된다. 굳이 적의 기를 살려줄 필요는 없다.

공격과 수비를 균형 있게 수행할 수 있도록 의식하자.

"착하다 착해."

레키가 발돋움해서 머리를 쓰다듬었다.

살짝 쭈그리고 앉으니, 그녀도 쓰다듬기 편해졌는지 만족스러운 듯했다.

"두 분 다 고생했어요. 자, 수건 받으세요."

"점심으로 주먹밥도 만들어왔다."

""와~.""

유우리와 류시카도 합류해서 잔디 위에서 점심을 먹게 되었다.

왕성이라서 그런지 손질이 되어 있어서 돗자리를 깔지 않아도 푹신푹신, 느낌이 좋았다.

"레키. 주먹밥 먹기 전에 손 씻어."

"응, 그랬지. 부탁할게, 진."

"그래, '워터'."

"차가워서 좋네."

손을 씻은 레키는 그대로 철썩철썩 얼굴의 땀도 씻었다.

"진. 그거 해줘. 바람으로 기분 좋은 거."

"응, 좋아. '윈드'."

"아~, 서늘해서 살 것 같아~."

마법의 바람을 쐬는 레키의 반응은 순진한 아이 같아서 귀엽다.

나도 옛날엔 아버지랑 자주 이랬었지.

더운 날에 머리에 물을 끼얹고 서로 나무판을 휘둘러서 시원한 바람을 쐤었지.

그런 우리를 뜨거운 시선으로 바라보는 사람이 한 명.

"왜 그래, 류시카?"

"류시카도 하고 싶어?"
"난 땀을 흘리지 않았으니까 괜찮아. 아니, 실은 진은 재주가 좋다고 생각해서. 분명 다른 속성의 마법도 쓸 수 있었지?"
"맞아. 쓸 수 있어서 나쁠 건 없으니까. 그렇다고는 해도 상급은 무리지만."
그렇게 말하고 난 손바닥에 차례차례 다른 속성의 마법을 써나갔다.
'파이어 볼'. '선더 볼'. '샌드 볼'. '라이트 볼'…….
각 속성에는 특징이 있고 쓰면 쓸수록 다양한 상황에 대응할 수 있다.
특히 내가 좋아하는 건 빛 속성 마법.
공격보다 지원에 뛰어나서 그야말로 나에게 딱 맞기 때문이다.
"보통은 한 가지. 많아도 두 가지로 좁혀. 어중간해지니까. 하지만 진의 수준까지 다룰 수 있다면 상대에겐 위협적이겠지."
"왜?"
"어떤 마법이 날아올지 알 수 없으니까. 상대는 공격 수단을 예측할 수 없으니 고생하겠지."
"……그런 식으로 쓸 수도 있었나."
"진이 우릴 위해 움직인 건 알지만, 더 자유로워도 괜찮아."
"설마 마왕 토벌이 끝난 후에 배울 줄은 몰랐는데 말이지. 가르쳐줘서 고마워."
"아니, 나야말로 진의 지원에 기대는 면이 있었으니까. 마왕 토벌이 끝난 지금이라면 새로운 전술에 도전하는 것도 좋다고 생각했어."

"뒤늦게 말하는 것 같지만…… 저희가 파티에서 제외한 건 상대가 마왕이기 때문이지, 간부급이라면 충분히 통해요."

"응, 진은 자신감을 가져도 돼."

그렇게 말하고 레키는 양반다리를 하고 앉아있는 내 무릎 위에 앉았다.

이 멤버가 이렇게까지 말하는데 자신감을 가지지 못할 남자가 있을까.

들으면 들을수록 내 사고가 굳었다는 사실을 깨닫게 된다.

……언제부터였을까. 철저하게 모두를 지원하는 방향으로만 생각하게 된 건.

딱히 그게 싫었던 건 아니고, 파티의 일원으로서 모두에게 도움을 주는 기쁨도 있었다.

하지만 앞으로는 그런 생각에 얽매이지 않고 움직이는 것도 좋을지도 모른다.

"……두 사람의 조언을 듣고 있으니까 왠지 퀘스트라도 받고 싶은 기분이 들어."

"찬성. 결혼식이 끝나면 모험가 등록을 하고 퀘스트를 받으러 가자."

"요즘 들어 몸을 움직이지 않았으니까. 몸이 둔해지지 않았는지 걱정이야."

"좋네요. 도시락을 싸고 가볍게 소풍 가는 기분으로 가면 즐거울 거예요."
"그러면 결정. 두근두근."
"그러기 위해서라도 레키는 오후 공부도 열심히 해요."
"윽…… 진~."
"하하, 나도 같이 할 테니까. 레키도 열심히 하자."
"……응. 공부는 싫지만 제대로 할게."
"레키는 장하네."
아까 그녀처럼 머리를 쓰다듬었다.
레키는 웃음을 띠고 약간 간지러운 듯이 몸을 꼬았다.
"진 씨. 저의 여기도 만져도 된다고요? 자, 쿡쿡."
"이런 탁 트인 곳에서 당당하게 가슴을 만지는 바보는 없을걸."
"그렇게 만져주길 바란다면 내가 대신 해주지, 유우리."
"엣, 앗, 잠깐 류시카 씨?! 그렇게 난폭하게 하면 안 돼요?! 떨어져요! 떨어진다구요!"
"잘됐네! 내 기분을 뼈저리게 느낄 수 있을 테니!"
"자, 레키. 슬슬 성으로 돌아갈까."
"응. 둘도 즐거워 보이니까."
"두 분?! 제, 제가 잘못했으니까 도와주세요! 이 사람, 진심으로 잡아당기고 있어요!"
도움을 구하는 유우리를 내버려두고 나와 레키는 왕성 안으로 돌아갔다.

그리고 잔디투성이가 된 두 사람이 돌아온 건 30분 정도 지난 후였다.

Life 1-4

일생에 한 번뿐인 결혼식

지금까지 싸움에 열중한 우리는 책상에 앉아 책과 씨름하며 듣는 수업은 익숙하지 않았다.

집중력을 쓰는 만큼 시간의 흐름도 빠르게 느껴져서 순식간에 날이 지나갔다.

공부하는 틈틈이 결혼식 절차에 대해서도 논의해 나갔다.

우리의 요망을 전하고 왕국 측은 요망을 받아들여 스케줄을 짜 준다.

울발트 님이 말한 대로 준비는 아주 극진하게 진행되었다.

그 결과, 눈앞에 펼쳐진 것은 큰길 중앙에 깔린 새빨간 융단과 관중의 난입을 막기 위한 나무 울타리.

용사 파티 결혼식 전야.

울발트 님의 통지에 의해 오늘 밤에는 모든 가게가 해가 질 무렵에는 문을 닫고 외출도 금지되었다.

그래서 우리 네 명은 류시카가 직접 만든 로브를 걸치고 마음 편하게 왕도의 입구부터 이어지는 레드 카펫을 걷고 있었다.

"……내일은 모두 앞에서 여길 걷겠네."

"분명 엄청나게 열광할 거야. 자, 저길 봐."

류시카가 가리킨 끝에는 포장마차가 시야에 다 안 들어올 정도로 늘어서 있었다.

포장마차는 신청 후에 추첨으로 큰길에서 갈라지는 옆길로 배

치된다고 한다.

“상인이 저만큼 몰려온다는 건 손님이 많이 모일 것으로 예상된다는 증명이지. 모두가 아는 사실이야.”

“국왕님은 왕성 근처에서 가게를 열 권리를 유료로 판매했는데, 순식간에 다 팔렸대요.”

“울발트 님은 계산이 빠르시네.”

“기쁘네요. 만약 텅텅 비었으면 전 앞으로 부끄러워서 공식 석상에 나갈 수 없었을 거예요.”

“그건 나도 그럴지도.”

하지만 현실은 다르다. 모두가 우리를, 마왕군 간부를 꺾고 사악의 근원인 마왕을 토벌한 영웅들을 원한다.

그러나 파티 결성식 이후로 함께 공식 석상에 나오는 건 처음이다.

왕도는 전장에서 가장 먼 곳이고, 여기에 있는 사람들은 울발트 님이 발표하는 정보로만 용사 파티에 대해 알 텐데…….

“진. 긴장했어?”

“……조금. 레키는 아무렇지도 않은 것 같네.”

“응. 그야 이건 내 꿈이었으니까.”

레키는 탁탁탁 잔달음 쳐서 우리 앞에 서더니 작은 손을 활짝 펼쳤다.

“내일 우린 여기서 결혼하고 진짜 가족이 돼.”

그렇게 말하며 보인 레키의 웃음에는 여신님마저도 뛰어넘는 아름다움이 있었다.

흘러넘치는 기쁨을 주체할 수 없는 모양이다.

“진도. 유우리도. 류시카도. 내가 정말 좋아하는 사람들과 가족이 될 수 있어.”

그녀는 가족에게 끔찍한 대우를 받았기 때문에 지금 한 말에는 특별한 의미가 담겨있다.

레키의 마음은 우리에게도 착실히 전파되어 갔다.

“나의 기쁜 일을 많은 사람이 축하하는 거잖아. 이렇게 행복한 일은 없다고 생각해.”

그녀의 말에 우리 세 사람은 서로의 얼굴을 마주 봤다.

모두 온화한 미소를 띠고 있었고, 다 같이 레키에게 달려갔다.

“나도 행복해, 레키!”

“내일은 최고의 날로 만들어요, 레키!”

“기쁜 말을 하잖아! 나, 좀 기뻐서 뭉클했어……!”

“윽…… 다, 답답해…….”

“지금만은 감수하고 받아들여!”

내일은 꼭 즐겁게 보내자.

누가 뭐라고 해도 우리가 주역이다.

이런 기회는 인생을 몇 번이나 다시 산다고 해도 체험할 수 있는 게 아니다. 즐기지 않으면 손해다.

레키에게 들러붙었던 우리는 그대로 융단 위에 대자로 누웠다.

“……별이 예쁘다.”

밤하늘에 뜬 별들의 빛은 우리를 한 발을 먼저 축복하는 듯했다.

◇◇◇◇◇

"""우오오오오오옷."""

"후훗, 둘 다 즐거워 보여."

"예상했던 것보다 훨씬 많은데? 마왕 토벌이 어느 정도의 위업인지 새삼 실감 나네."

우린 왕성 안에서 아래에 펼쳐진 풍경을 바라보고 있었다.

몰려든 수많은 군중은 빽빽하게 북적였고 성안에 있어도 사람들의 성원이 들려왔다.

"저기 봐. 내 가면을 쓴 아이가 있어."

"정말이네. 오, 저기에 우리의 그림이 그려진 깃발을 든 사람이 있어."

"와, 엄청 귀엽게 그려져 있네요."

"시작까지 아직 1시간 이상이나 남았는데, 정말 대단한 열기야."

"앞으로 더 늘어날 거다. 타지에서 오는 자도 있을 테니."

"아, 국왕이 왔다."

모여든 국민을 보고 카하하 하고 소리를 내며 웃음을 참지 못하는 기색인 울발트 님.

오늘은 결혼식에서 신부님 역할을 무려 울발트 님이 직접 맡아주신다.

우리는 말 그대로 한 나라의 왕이 인정한 공인 부부가 된다.

"이야, 날이 좋아서 다행이군. 여신님도 축복하는 모양이다."

"어쩌면 마왕을 토벌한 상일지도 모르겠네요."

"분명 그럴 거다. 자 그럼, 내가 여기에 온 의미는 알고 있겠지?"

울발트 님이 내 머리에 손을 톡 올렸다.

물론이다. 우린 아직 평소와 다름없는 복장이기 때문이다.

"그대들의 의상이 준비됐다. 각자 준비한 방에 가거라."

울발트 님의 뒤를 보니 안내를 맡은 호위와 고용인이 죽 늘어서서 머리를 숙이고 있었다.

"저들은 모두 오랫동안 여기서 일하고 있는 일솜씨도 있고 믿을 수 있는 베테랑이다. 맡겨두면 그대들을 망신시킬 걱정은 없네."

"잘 부탁드립니다."

목소리 하나, 자세 하나까지 통일된 그들의 모습을 보면 울발트 님이 한 말이 이해된다.

"옷을 갈아입은 후의 흐름은 알고 있겠지?"

우리는 고개를 끄덕여 답했다.

"준비가 끝나는 대로 여기로 돌아와 류시카의 마법으로 왕도의 입구로 전이. 그쪽에서 대기하고 있는 호위들과 함께 왕성까지 걸어서 돌아와 정문을 넘으면 맹세하고 반지를 교환한다…… 맞죠?"

"음, 완벽하다. 아무 걱정할 필요는 없을 것 같군."

지금까지 몇 번이나 머리에 주입한 스케줄이다.

축하를 받는 입장인 우리가 대충 한다는 건 있을 수 없는 일이다.

"그럼 난 이만 아래로 내려가지. 주역보다 나중에 등장할 수는 없으니까."

그렇게 말하고 차갑게 씩 웃는 울발트 님.

정말로 이렇게까지 애써줘서 고맙다는 말을 아무리 해도 부족하다.

정신을 차리고 보니 난 머리를 숙이고 있었다.

"고개를 들어라, 진. 오늘은 메온 왕국의 미래로 이어지는 너희의 영광스러운 날이다. 늙은이는 본 행사 전에 분위기를 띄우고 오라는 마음으로 있지 못하겠나."

"그런 건 평생 걸려도 못 해요!"

"카하하! 비유이니라. ──자, 갔다 오거라, 귀여운 손자 손녀들아. 난 아래에서 즐겁게 기다리고 있을 테니."

울발트 님은 그 말만 남기고 방에서 나갔다.

……대단하네. 나도 장래에 이런 사람이 되고 싶어.

현왕이라 불리며 국민에게 사랑받는 인간의 위엄과 카리스마가 가슴에 새겨졌다.

"……가자, 진."

레키가 살짝 옆에 서서 내 손을 쥐었다.

"그렇네요. 국왕님도 정말 기대하고 있는 것 같으니까요."

"내가 신부가 된 모습으로 깜짝 놀라게 해주지."

"……그건 좀 아니지 않아?"

“어……?”

“모두가 드레스를 입은 모습을 가장 기대하고 있는 건 신랑인 나라고!”

그 선언을 들은 레키와 모두는 큰 눈동자를 깜빡인 후에 장난을 치는 아이처럼 빙긋 웃음을 지었다.

“후훗, 그럼 기대하는 진 씨를 위해서 아주 예뻐져서 와야겠네요.”

“응, 세상에서 제일 예뻐져서 올게. 진이 다시 반해버릴 정도로.”

“이제 우리 외에는 눈에 안 들어오게 해줄 테니까 각오하라고.”

“그래! 엄청 기대하고 있다고!”

각자에게 선전포고하듯이 대화한 우리는 한바탕 웃은 후에 고용인들에게 각자의 의상이 준비된 방으로 안내받았다.

익숙해졌을 복도가 길게 느껴졌다.

“여기가 진 님의 의상을 준비하고 있는 방입니다.”

“감사합니다.”

이 문 너머에 초대 용사님이 입었던 신랑 의상이…….

초대 용사님은 남자였다. 자연스럽게 이번에 그 옷을 내가 입게 된다.

후우…… 하고 짧게 숨을 내쉰 난 힘차게 문을 열었다.

시야에 들어온 것은 때 묻지 않은 눈처럼 하얀 망토. 달린 금장식은 아직도 새것처럼 눈부실 정도로 반짝이고 있었다.

정장과 바지는 망토가 돋보이도록 정반대인 칠흑처럼 검게 염

색되어 있었다.

멀리서 봐도 알 수 있다. 흐트러진 곳 하나 없다.

얼마나 엄중하게 보관되어 왔는가. 직접 보고 의상 자체가 가진 역사의 무게를 느꼈다.

"……."

네가 이걸 입을 자격이 있냐는 질문을 받는 듯한 기분이 들었다.

……확실히 난 용사님처럼 이 손으로 마왕을 토벌한 건 아니다.

기껏해야 '용사' 일행을 도왔을 뿐이고 이룩한 위업은 뒤처질 것이다.

하지만 신부를…… 레키, 유우리, 류시카를 사랑하는 마음만큼은 지지 않는다고…… 아니, 더 뛰어나다고 자신이 있게 말할 수 있다.

"용사님…… 오늘만, 당신의 소중한 의상을 빌리겠습니다."

난 겉옷을 벗어 던지고 살짝 정장에 손을 댔다.

그리고 천천히, 하지만 망설임 없이 옷을 입었다.

"…………."

딱히 이상도 없고, 몸에 잘 맞는 듯한 느낌.

그저 옷을 입는다는 당연한 행동인데 자신이 인정받은 듯한 느낌이 들었다.

"……감사합니다."

——그렇게 중얼거린 순간, 정장은 마치 내 몸에 맞추듯이 줄어들었다.

"엇?!"

소리친 사람은 도와주고 있는 여자 고용인.

한편 난 납득이 됐다.

"……과연. 각 종족과 평화의 증표라."

이 의상에는 여섯 종족의 재료와 기술이 복합적으로 사용되었다.

옷의 치수가 자동으로 조절되는 건 엘프의 마법이고, 오염에 강한 건 드라고나의 비늘을 옷감으로 사용했기 때문이다. 그들의 비늘은 해를 끼치는 모든 것을 튕겨낸다고 한다.

벨트는 쇠보다 단단한 비스트의 엄니로 되었고, 금장식은 드워프의 기술로 만들었으며, 가슴을 장식하는 보석은 왕가조차 구하기 어려운 머메이드의 눈물로 만들어졌고, 마지막으로 이 모든 것을 조합하여 의상을 제작한 것은 인간이다.

모든 치수가 있다더니, 이런 거였나.

지금쯤 레키 일행도 나와 마찬가지로 이 구조에 놀라고 있을지도 모르겠다.

"지, 진 님. 몸에 이상은 없으십니까?"

"네, 문제없어요. 금방 옷을 갈아입을 테니 화장 준비를 부탁드립니다."

"아, 알겠습니다."

난 남아있던 바지를 입고 의자에 앉았다.

눈을 감고 고용인 분이 정돈하기를 기다렸다.

그렇게 십여 분이 지났을까.

고용인에게 '끝났습니다'라는 말을 들은 나는 천천히 눈을 떴다.

거울에 비친 나는, 스스로 보기에도 낯설 만큼 전혀 딴판이었다.

눈썹은 정리되었고, 안색도 평소보다 좋은 느낌이 든다.

화장은 대단하구나……!

"모처럼 좋은 날이라서 진 님다운 모습도 남기면서 늠름하게 완성했습니다."

"그래서 머리는 안 건드렸군요."

"네. 진 님은 이 머리가 잘 어울린다고 생각해서…… 아직 시간 여유가 있습니다만, 어떻게 하시겠습니까?"

"괜찮아요. 멋있게 해주셔서 감사합니다."

"좋아하시니 다행입니다. 자, 마지막으로 이것을."

그렇게 말하고 고용인 분은 망토를 들어서 건네줬다.

그걸 걸치자 흘러내리지 않도록 목 부분에 끈으로 묶었다. 그러자 정장과 마찬가지로 자동으로 몸에 맞게 조정됐다.

다시 거울로 전신을 봤는데, 적어도 옷을 소화하지 못해 멋이 없는…… 그런 결말은 피한 것 같다.

망토의 끝부분을 잡고 펄럭 펼쳐 보였다.

"아주 잘 어울립니다."

"그런가요?"

"네. 국왕님에 대한 충성을 걸고."

"감사합니다. 미안해요, 익숙하지 않아서 자신이 없어서요."

“부인 분들께 보여드리는 게 기대되네요. 분명 ‘멋지다’고 칭찬하실 겁니다.”

“그러면 좋겠네요.”

……실은 내 의상에 대한 반응보다 세 사람이 드레스를 입은 모습을 빨리 보고 싶다.

“부인 분들은 아직 시간이 더 걸리니, 준비되는 대로 부르러 가겠습니다. 잠시 기다려주십시오.”

고용인 분은 인사하고 방에서 나갔다.

혼자가 되었고, 의자에 앉아있는 나는 스스로를 진정시키기 위해 심호흡했다.

……나조차 이렇게 멋지게 변했어.

원래 가지고 있는 소재가 아주 좋은 세 사람이 왕국 제일의 고용인 분들의 화장을 받으면 얼마나 아름다워질까.

얼마 없는 지식을 총동원해서 세 명의 다양한 드레스 차림을 상상해 나갔다.

설령 어떤 드레스라 하더라도 틀림없이 세계 제일인 것은 확정일 것이다. 셋 다 세계 제일이다. 내가 그렇게 정했다.

문제는 내가 모두를 보고 의식을 유지할 수 있는지 없는지다.

마왕성 토벌 전까지의 나였다면 어떻게든 이를 악물고 아슬아슬하게 버틸 수 있었을지도 모른다.

하지만 현재의 난 세 사람에 대한 호의를 자각하고 있다.

그런 상태에 최고로 아름다운 모두의 모습을 보면…….

"오늘이 나의 기일이 될지도 모르겠어."

심장이 멎지 않도록 유의하자고 생각했다.

◇◇◇◇◇

"진 님. 부인 분들이 홀에서 기다리고 있습니다."

"알겠습니다."

말을 듣자마자 대답한 나는 성큼성큼 걸어서 방에서 나갔다.

조금이라도 빨리 세 사람의 모습을 보고 싶어서.

영원처럼 느껴진 한 시간이었다.

설레는 마음을 억누를 수 없는 나는 순식간에 홀의 문 앞에 도착했다.

이 너머에 모두가…….

아마 난 어휘력을 잃고 아이처럼 '예쁘다', '귀엽다'고 연호하는 것 말고는 아무것도 할 수 없게 될 것으로 예측한다.

……아아, 여기까지 와서 고민해도 별수 없다.

모든 감정을 표현하면 분명 다들 기뻐할 것이다.

내가 좋아하게 된 건 그런 멋진 아이들이니까.

똑똑똑, 세 번 노크했다.

"진이야. 들어가도 될까?"

"응, 들어와."

입실 허가가 났다.

"……후우. 좋아."

의식을 긴장시키려고 볼을 가볍게 두드린 난 문을 열었다.

문 너머에는 순백의 드레스를 입은 세 명의 모습이 있었고――.

"――――."

――내 마음은 눈 깜짝할 사이에 빼앗겼다.

"어때, 진. 이런 건 그다지 익숙하지 않은데……."

류시카는 부끄러운 듯이 드레스 자락을 쥐었다.

그녀의 매력을 최대한으로 살린 드레스는 허리 주변이 단단히 조여서 아름다운 실루엣을 선명하게 드러냈다.

그녀의 키가 큰 것도 있어서 남자뿐만 아니라 여자도 동경하게 되는 아주 멋지고 세련된 분위기로 꾸며져 있었다.

하지만 치마 부분이 나풀나풀하게 부드러움을 살린 타입인 건 류시카 안의 소녀다운 부분인 걸까.

멋진 모습뿐만 아니라 소녀의 모습도 표현한 이 의상은 그야말로 그녀에게 딱 맞을 것이다.

"엄청…… 엄청 훌륭해. 정말 그림이라도 남기고 싶을 정도로."

"……뭔가 간질간질하네. 다른 사람에게 옷을 칭찬받을 기회 같은 건 별로 없어서."

"잠깐만요 진 씨. 저도 봐주세요! 엄청 귀여우니까요."

볼을 빵빵하게 부풀리고 내 손을 잡는 유우리.

대조적으로 그녀는 '귀여움'의 폭력이었다.

드레스를 입은 그녀를 본 순간, 나도 모르게 '귀여워'라고 중얼

거리고 말았다. 그런 충동이 덮쳐왔다.

그야말로 공주님이라 해도 과언이 아닌 존재감 넘치는 드레이프 스커트.

허리 부분에는 큰 리본 꽃이 있어서 어느 각도에서 봐도 유우리가 공주님 같은 신부라는 걸 알 수 있었다.

정말 그녀를 위해 만들어졌다고 해도 과언이 아닐 정도로 잘 어울렸다.

"유우리의 매력이 몇 배나 더 돋보이는 것 같아. 엄청 귀여워."

"어머, 진 씨……. 그렇게 쳐다보면…… 저, 쑥스러워요."

"진짜 귀여우니까. 보고 싶어지지."

"마지막은 나. 진의 최애."

옷자락을 휙 잡아당기는 레키가 이번엔 자기 차례라고 주장했다.

난 정면으로 드레스를 입은 레키를 보고── 무심코 얼굴을 돌리고 말았다.

그녀가 귀엽다는 건 분명히 인식하고 있다고 생각하고 있었다. 하지만 그 인식이 어설펐다고 말하지 않을 수 없었다.

말쑥하게 화장하고 웨딩드레스를 입은 그녀는…… 내 가슴을 이렇게나 두근거리게 만드나 싶을 정도로 귀여웠다.

심플하고 정석적인 웨딩드레스. 위팔에 걸치는 타입이라 가슴이 약간 강조되었다.

위부터 아래까지 레이스가 있어서 화사함은 틀림없이 제일이었다.

힐을 신고 있어서인지 평소보다 얼굴의 거리도 가까워서 얼떨떨했다.

"왜 그래, 진? 배 아파?"

"후훗, 아니에요, 레키. 진 씨는 분명……."

"그래, 레키의 모습에 넋을 잃은 거야."

"……? 그런 거야? 진?"

아래에서 얼굴을 내밀어 들여다보는 레키. 그 비췻빛 눈동자는 기대를 품고 있었다.

"그래. 엄청 예뻐, 레키."

"다행이다. 진의 마음에 들어서."

빙긋 미소 짓는 그녀. 정말로 아름다운 신부다.

레키뿐만이 아니다. 유우리도, 류시카도. 정말 나에겐 아까울 정도로 훌륭한 아이들.

그녀들을 행복하게 한다.

그렇게 생각한 게 벌써 몇 번째인지 알 수 없다. 내게 절대로 사라지지 않는 마음이 피어났다.

"하지만 첫눈에 반한 건 우리도 마찬가지."

"언제나 멋지지만 오늘은 배 이상으로 멋져요!"

"응! 전혀 의상에 뒤지지 않아. 정말 잘 어울려."

"왠지 쑥스럽네……. 의상이랑 도와주신 분 덕분이야."

"네에~? 그럼 저희가 귀여운 것도 의상이랑 도와주신 분 덕분인가요?"

"아니야! 세 명은 분명 원래부터 귀엽고 예뻐서 나도 시선을 빼앗겨서……."

"그렇죠? 저희도 같은 생각을 하고 있다는 거예요."

"……하하, 못 당하겠네."

보기 좋게 말에 넘어갔다.

하지만 기분이 나쁘진 않았다.

"하지만 고용인 분들 덕분에 더 예뻐졌다는 말도 틀리지 않았지만."

"응. 난 화장을 못 하는걸."

"레키는 처음에 맨얼굴인 그대로 나가려고 했다고요? 깜짝 놀랐어요."

"난 평소 그대로라도 귀여우니까."

그렇게 말하고 레키는 늘 하던 대로 무표정으로 브이 사인 두 개를 만들었다.

분위기 때문인지 평소의 배 이상으로 귀여웠다.

모두의 이런 모습을 보면 분명 좋아하게 되는 녀석이 생기겠지.

아아…… 추한 감정이지만 이대로 독점하고 싶다. 독점하고 싶지만…….

"……보고 싶어 하는 사람이 잔뜩 와있으니."

난 세 사람을 향해 손을 뻗었다.

"자, 갈까."

사랑의 맹세를 하기 위해, 관중 앞에 모습을 드러내기 위해 우리는 걸음을 옮겼다.

◇◇◇◇◇

왕성까지 이어지는 큰길. 그곳에는 용사 파티를 한 번 보려고 사람들이 몰려와 있었다.

버진 로드를 따라서 왕국의 호위가 경비하고 있는데, 그들조차 밀려날 만큼의 밀집도.

그리고 모습을 드러낸 우릴 알아차렸는지 환호성이 한층 더 커졌다.

"'용사'님이다~!"

"꺄아~! 류시카 님, 여길 봐주세요~!"

"'성녀'님! 항상 감사합니다! 여러분 덕분에 가족도 사이좋게 지내고 있어요!"

"진 씨! 긴 여행 고생했습니다~!"

버진 로드를 걷고 있으니, 곳곳에서 환호성이 비처럼 쏟아졌다.

그 속에 내 이름을 부르는 목소리도 있어서 나도 모르게 멈출 뻔했다.

"…………."

"왜 그래, 진. 손을 흔들어줘야지."

"어어. 그렇지…… 그래야지."

난 나에게 성원을 보내준 아이에게 손을 흔들어줬다.

레키와 다른 모두도 똑같이 일부러 축하하러 와준 관중에게 웃어주고 있었다.

감사하는 목소리를 직접 들으니, 우리가 해온 일이 열매를 맺었다는 것을 실감했다.

난 최종결전을 앞두고 파티에서 빠졌지만……. 그런 말을 하면 류시카가 화내니까 입 밖에 내진 않았다.

'그럼 나도 용사 파티 실격이야. 마왕을 쓰러뜨린 건 레키와 유우리 두 사람이니까.'

'맞아. 그러니까 류시카는 신부가 될 수 없어. 바이바이.'

'페널티가 가혹해!'

사실은 집에서 했던 이런 대화도 그립다.

레키가 '용사'로 선택되고, 그녀가 걱정돼서 함께 여행에 나서고…….

유우리와 류시카, 소중한 동료가 생기고, 힘든 싸움을 헤쳐 나간 그 너머에는 모두와의 결혼이 있고…….

모든 일이 연결되어 있어서, 마치 운명이 인도한 것 같다고 느꼈다.

"있잖아, 레키."

"왜?"

"'용사'로 선택되어서 좋았어?"

"……응. 지금 엄청 즐거우니까."

"그런가…… 그럼 다행이야."
"뭐야~, 둘이 꽁냥대려고 하는 거예요?"
"우리도 끼워줘야지……."
유우리와 류시카가 내 양팔에 팔짱을 꾹 꼈다.
레키는 밀려나는 모양새가 되었지만 딱히 화내지도 않는 눈치였다.
그녀는 이쪽으로 돌아보며 훗, 웃었다.
"둘 다 여유가 없어. 난 어른이니까 양보할게."
"""……."""
그리고 항상 하는 더블 브이 사인.
레키가 성장한 모습을 볼 수 있어서 기쁘지만, 다른 사람을 도발하지 말라고 다음에 가르쳐줘야겠다.
둘 다 대중 앞이라 참고 있는데 그만큼 팔에 힘이 엄청 들어갔으니까.
이 아픔을 받아내는 것 또한 남편의 역할.
아무 일도 없었던 것처럼 다시 걷기 시작해 왕성을 향했다.
그 후로 십여 분 걸었을까.
드디어 우린 정문이 열린 왕성에 도착했다.
입구에는 특별히 설치된 단상이 있고, 거기에는 울발트 님이 서 있었다.
"저거 봐, 진. 저기."
"아, 정말이네."

레키의 시선 끝. 울발트 님이 설치한 유료석에는 내 부모님도 있었다.

우리 모두의 요망 중 하나가 부모님을 결혼식에 부르는 것이었기 때문이다.

평소에는 밝은 두 사람도 오늘만큼은 잔뜩 긴장하고 있었다.

아들의 결혼식에 참석했는데 설마 귀족들 옆에 앉게 될 거라고는 생각 못 했겠지.

울발트 님이 옷을 빌려줬는지 옷차림은 주변에 뒤지지 않았지만, 거동으로 다 알 수 있었다.

안색이 새파래진 아버지와 어머니를 보니 나도 모르게 웃음이 나올 것만 같았다.

"……두 분 다 무사히 오셔서 다행이네요."

"그러게. 저 자리가 썩 편하지는 않으신 모양이지만."

"후훗. 집에 돌아간 뒤가 기대돼요."

사실은 소리 내서 고맙다고 하고 싶지만, 두 사람의 정체가 드러나면 어떤 사건에 휘말릴 가능성이 있다.

그래서 대신 고마운 마음을 담아 유료석을 향해 손을 흔들었다.

그리고 드디어 이 결혼식의 피날레가 다가왔다.

"그러면 지금부터 마왕 토벌에 대한 포상 수여 및 용사들의 결혼식을 거행한다!"

마음씨 좋은 할아버지 같은, 평소와 다른 울발트 님의 목소리가 주변에 울려 퍼졌다.

우리는 사전에 협의한 대로 한쪽 무릎을 꿇고 고개를 숙였다.

"레키 아리아스. 유우리 페리시아. 류시카 엘 리스티아. 진 가이스트. 기나긴 마왕 토벌을 위한 여로, 정말 고생 많았다."

"그대들의 활약 덕분에 사람들을 괴롭힌 마왕이 사라지고, 이런 식을 거행할 수 있는 것을 기쁘게 생각한다. 오늘부터 인류를 포함한 여섯 종족의 나날에 평화가 찾아오고 우리는 번영할 것이다."

"따라서 그대들의 활약을 기려서 포상을 수여하겠다!"

울발트 님의 선언에 관중이 열광하여 박수에 손가락 피리, 북 등 다양한 음색이 왕도를 감쌌다.

"우선 진 가이스트에게는 남작 작위를, 그리고 그에 준하는 토지를 영지로 수여한다!"

"성은이 망극합니다. 성심성의를 다해 국왕님을 위해 힘쓰겠습니다."

일어선 나는 울발트 님이 있는 곳까지 다가가 옥새가 찍힌 증명서를 받았다.

나의 남작 신분을 증명하는 중요한 서류다.

옆에 소중히 끼고 원래 위치까지 돌아와 다시 경례 포즈를 취했다.

"다음으로 레키 아리아스. 유우리 페리시아. 류시카 엘 리스티아. 세 명은 같은 것을 요망했다. 그리고 그대들의 소원을 이루기 위한 식을 시작하겠다!"

그 말이 뜻하는 바를 이해한 국민의 환성은 한층 더 고조되었다.

일어선 우리는 서로의 얼굴을 마주 보고 울발트 님이 기다리는 제단 앞까지 발을 맞춰 걸어갔다.

여기까지 오니 머리는 오히려 차분해졌다.

우리가 한 걸음, 또 한 걸음 나아감과 동시에 관중의 목소리는 작아져 갔다.

북적이는 왕도에서는 생각할 수 없을 정도의 정적이 찾아온 가운데, 우리는 드디어 제단 앞에 섰다.

"진 가이스트."

울발트 님에게 호명받아 반걸음 앞으로 나갔다.

"당신은 레키 아리아스. 유우리 페리시아. 류시카 엘 리스티아를 아내로 맞이하여 아플 때도 건강할 때도 슬픔도 기쁨도 함께 나누며 그녀들을 사랑하고 공경하며 소중히 대할 것을 맹세합니까?"

눈을 감으니, 지금까지의 추억이 잔뜩 되살아났다.

그녀들과의 만남. 앞길을 가로막은 어려움. 그 어려움들을 극복한 후에 가까워진 거리.

자신이 약한 것에 대한 고뇌. 운명의 갈림길이 된 용사 파티로부터의 추방.

난 모두의 마음을 알게 되었고, 나 또한 마음속 깊은 곳에 잠들어 있던 그녀들에 대한 마음을 알게 되었다.

나는 그런 추억을 그녀들 곁에서 남편으로서 쌓아나가고 싶다.

"——네, 맹세합니다."

힘차게 그렇게 단언했다.

"레키 아리아스. 유우리 페리시아. 류시카 엘 리스티아."

나와 똑같이 옆에 세 사람이 나란히 섰다.

"당신은 진 가이스트를 남편으로 맞이하여 아플 때도 건강할 때도 슬픔도 기쁨도 함께 나누며 그를 사랑하고 공경하며 소중히 대할 것을 맹세합니까?"

""""네, 맹세합니다.""""

그녀들의 대답을 들은 울발트 님은 미소를 지었다.

"그러면 반지를 교환하겠다."

그렇게 선언하자 호위 한 명이 철제 상자를 안아서 제단 위에 놓았다.

울발트 님은 상자를 열더니 안에 들어있던 결혼반지 하나를 꺼내 국민에게 보여주듯이 들어 올렸다.

"이건 메온 왕국에 전해지는 '용사'의 가호를 가진 자만이 쓸 수 있다는 전설의 반지다!"

울발트 님의 손에 있는 반지는 멀리서 봐도 아름다우며 의식을 끌어당기는 매력이 있었다.

웨이브 모양 반지에 박힌 여섯 개의 작은 보옥.

그것이 의미하는 것은 여섯 종족의 증표.

각 지역에서만 나는 보석을 박아 넣음으로써 모든 종족이 이 결혼을 축복한다는 의미가 담겨있다.

'용사'에겐 그만한 가치가 있다.

“일찍이 종족에 구애되지 않고 다종다양한 사랑을 키운 초대 ‘용사’처럼 이 반지가 그들의 사랑을 영원히 이어줄 것이다!”

……울발트 님은 분위기를 잘 띄우는구나.

그런 연설을 듣고 흥분하지 않을 관중은 없을 것이다.

오늘 들은 것 중 가장 열기를 띤 축복하는 목소리가 뒤에서 쏟아졌다.

“그럼, 진 가이스트. 반지를 들고 아내가 될 자들에게.”

우리는 천천히 마주 봤다.

……정말 모두 아름답다. 반지도 분명 아름다웠지만, 그 이상으로 그녀들에게 시선을 빼앗겼다.

반지 교환 순서는 정해져 있었다.

레키, 유우리, 류시카 순으로 반지를 끼워나갈 예정이다.

난 분명 언제나처럼 싸움이 날 줄 알았지만, 그녀들에게 이유를 듣고 면목 없는 나머지 부끄러워졌던 기억이 생생하게 남아 있다.

‘그건 간단해. 진을 좋아하게 된 순서.’

이런 일생에 단 한 번뿐인 의례이기에 뒤탈이 없도록 다 같이 의논해서 납득할 수 있는 결정을 한 것 같다.

……그리고 그 방법은 이후 맹세의 키스에도 채용되었다.

이러면 안 되지. 키스는 나중. 지금은 눈앞의 반지 교환에 집중해라.

상자에 나열된 네 개의 결혼반지.

끝에서부터 순서대로 집으려고 손을 뻗은—— 순간이었다.
"제때 왔네요~!!"
새된 목소리와 함께 뭔가가 날아왔나 싶더니 제단이 두 동강이 나 있었다.
순간적으로 이상 사태라고 판단한 우리는 바로 움직였다.
"'전이: 울발트 메 온'!"
"'아이스 블레이드'!"
"'성검'!"
류시카가 전이 마법으로 울발트 님의 안전을 확보한 후, 나와 레키가 동시에 검을 불러내서 꿈틀거리는 그림자를 향해 내리쳤다.
하지만 우리의 공격이 닿기 전에 그 그림자는 우리의 배후로 이동해 있었다.
"어머 참. 그렇게 난폭한 여자는 인기가 없다고요."
불평하면서 자기 머리카락 끝을 빙빙 만지작거리는 소녀.
이마 달린 두 개의 뿔이 인간이 아니라는 걸 보여줬다.
"마족?! 왜 이런 곳에?!"
"간단해요. 계속 잠복해 있었을 뿐이에요."
"뭐어?!"
예상을 한참 벗어나는 대답이었다.
하지만 듣고 보니 녀석의 몸은 뿔을 제외하면 인간과 다르지 않았다.

“마왕군 간부는 전부 쓰러뜨렸지만, 이런 녀석은 본 적이 없어.”
레키가 ‘성검’을 쥐는 힘이 강해졌다.
“하지만, 이 여자, 강해……!”
“당연하죠. 히나는 위대한 마왕의 딸인걸요!”
그녀의 말에 이곳에 모여 있던 국민들이 빠르게 반응했다.
“마, 마왕의 딸?! 그럼 복수하러 온 건가?!”
“위, 위험해! 죽을 거야!”
“도, 도망쳐라아!”
사태를 이해하기 위한 한순간의 정적 후, 관중의 비명이 울려 퍼졌다.
“여러분, 진정하세요! 당황하지 말고 뛰지 마세요! 저희의 지시에 따라주십시오!”
호위들도 국민을 지키기 위해 피난 유도를 하고 있지만, 유감스럽게도 사람이 너무 많아 통솔이 안 됐다.
아주 좋지 않은 상황이다. 아까 그녀가 한 말이 내 머리를 지배했다.
어딘가에서 들은 적이 있는 것 같은데── 앗?!
“설마, 히나 씨?”
“““어?”””
내가 말하자 세 사람의 시선이 꽂혔다.
응, 미안. 사정은 나중에 제대로 설명할 테니까. 그러니까 그렇게 무섭게 쳐다보지 마! 부탁이야!!

"진 님! 히나를 기억하고 계셨군요!"

""""……바람기?""""

"아니야! 우연히 거리에서 만나서 길 찾는 걸 도와줬어."

"상대는 마족인데?"

"몰랐어! 그때는 외투의 후드를 쓰고 있어서 몰랐다고!"

"진 님의 말대로예요, 추한 암여우들. 배우자의 말을 믿지 못하다니, 역시 히나의 예상대로 거짓된 사랑이었군요!"

위험해, 위험해, 위험하다고, 얘는!

왜 아까부터 정확하게 레키와 모두가 싫어하는 말을 하는 거야.

커지는 살기가 느껴지지 않는 건가. 아니면 위협이 된다고 생각도 안 하는 건가.

덕분에 같은 동료일 텐데 난 모두의 얼굴을 보지 못하고 있었다.

"……야, 너."

들은 적 없는 노기를 품은 목소리를 낸 레키가 '성검'을 히나에게 겨눴다.

"무슨 목적으로 우리의 결혼식을 엉망진창으로 만들었지?"

"진 님을 데려가기 위해서예요!"

"뭐라고……?"

"히나, 어떤 사정 때문에 진 님을 정말 갖고 싶어졌어요. 안심하셔요. 히나가 확실하게 진 님을 행복하게 할 테니까요."

"그런가. 잘 알았어."

"이해하셨나요! 그럼 바로——."

"――너하고는 같은 하늘 아래 살 수 없다는걸."

"――?!"

레키는 순식간에 거리를 좁혀 '성검'을 휘둘렀지만, 상반신을 젖혀 피하는 히나.

그녀는 피하는 기세를 실어 레키를 걷어찼다.

"크…….."

"레키! 바로 치료할게요."

유우리가 레키 곁에 달려가 회복 마법을 걸었다.

그러는 동안에도 히나는 공격하지 않고 여유 만만한 태도였다.

"갑자기 덤벼들다니 너무하지 않나요. 히나, 말하고 있었는데."

"……히나라고 했지? 먼저 결론을 말해둘게. 우린 진을 넘겨줄 생각 없어. 그러니 네 이야기도 들을 가치가 없어. 알겠어?"

"음~, 그럼 실력 행사를 해야겠네요……. 히나, 날뛸 생각은 없는데……."

"어떤 협박을 하든 우리의 의견은 변하지 않아. 진은 절대로 누구에게도 넘겨주지 않아."

"그렇다면 어쩔 수 없네요. ――해치우세요, 파루루카."

"해치우세요, 파루루카."

손을 짝짝 치는 소리와 함께, 히나 아가씨의 목소리가 들렸다.

이는 사전에 아가씨와 정한 신호다.

용사 파티와의 교섭은 결렬됐을 것이다.

원래 단순무식한 아가씨가 교섭을 잘 이끌어갈 것이라는 기대를 안 해서 난 말려든 시점부터 이렇게 될 것도 예측하였다.

아아…… 인간에게 폐를 끼치면 마왕님께 혼날 거야.

히나 아가씨가 인간을 건드리지 않도록 하기 위해 시중을 드는 거였는데…… 하지만 어쩔 수 없다.

내가 아가씨에게 거스를 수도 없는 노릇이다.

그러니 여기서 정기를 빼앗아서 사망자가 나와도── 그건 내 탓이 아니라 아가씨 탓인 걸로.

난 왕도 바깥으로 도망치려고 하는 인간들 앞을 막아섰다.

"치녀?! 이번엔 치부만 가린 전라의 치녀가 나타났다?!"

"넌 뭐야! 방해된다, 거기서 비켜!"

"이 녀석도 꼬리가 있어! 조금 전에 본 마족의 동료인 게……!"

"네. 당신 정답입니다. 상으로 쾌락에 빠지게 해주죠."

"응, 응호오오오오오옷?!"

내가 만진 남자는 눈을 뒤집고 볼을 물들이고 쾌락을 향해 여행을 떠났다.

"'드레인 터치'. 기분 좋게 죽으렴."

이윽고 절규하는 목소리도 잦아들어 가고, 몸도 말라비틀어져…… 뼈와 가죽만 남아 그 자리에 쓰러졌다.

'드레인 터치'. 서큐버스 특유의 능력. 접촉한 상대에게 쾌락을 주는 대신 정기를 빨아들이는 기술.

그중에서도 내 기술은 아주 뛰어나서 남녀 불문하고 쾌락에 빠지게 할 수 있다.

“꺄아아아아악?!”

“당신, 시끄러워. 조용히 해.”

“으아아아아…… 아…… 아아아…….”

“음~. 오랜만에 맛보는 인간의 정기 맛있어~.”

마왕님이 용사에게 당해서 성격이 확 변한 뒤로 맛보지 못하게 되었던 만큼 더더욱.

역시 정기는 인간이 최고다.

그리고 눈앞에는 먹이가 이렇게나 많이 있다. 이 얼마나 근사한 상황인가. 이런 보상이라도 있어야 일을 하지.

히나 아가씨가 세운 작전은 이러하다.

용사들은 정의의 사도이니 민중을 인질로 잡으면 진 님을 넘겨줄 것이다!

단출하면서 알기 쉬운 데다가 용사들에겐 효과적인 작전이다. 정말로 히나 아가씨가 생각한 게 맞는지 의심스러울 정도다.

민중보다 진을 선택하면 용사들의 인망과 평가는 확 떨어진다. 이렇게 대대적인 결혼식을 치르기는커녕, 아무도 축복하지 않을 것이다.

게다가 난 많은 정기를 먹을 수 있다.

반대로 민중을 선택하면 진을 얻어서, 히나 아가씨도 만만세.

용사들이 어느 쪽을 선택해도 우리에겐 메리트가 있다.

"자 그럼, 다음은 누구로 할까?"

내가 입맛을 다시자, 인간들은 반대 방향으로 도망치려고 했다.

바보구나. 그런 짓을 하면 입구 쪽으로 도망치려고 하는 녀석들이랑 부딪쳐서…… 이거 봐. 점점 더 많이 쓰러질 텐데.

"그럼, 잘 먹겠습니다."

아가씨가 그만하라는 신호를 줄 때까지 즐겨볼까.

◇◇◇◇◇

"보시는 바와 같아요. 진 님을 넘겨주시면 사람들은 풀어주죠."

"당신…… 어쩜 그렇게 비겁하게……!"

"비겁? 그렇지 않아요. 진 님을 넘기기만 하면 되잖아요. 비겁하다고 생각하는 건 당신들 사정이에요."

"크……!"

레키와 모두가 고민하고 있어.

이러고 있는 동안에도 또 하나의 비명이 여기까지 들려왔다.

방금 대화만으로 히나가 상당한 강자인 것을 알 수 있었다.

우리 넷이 덤벼도 쓰러뜨리는 데는 시간이 걸릴 것이다.

그 사이에도 희생자의 수는 늘어간다.

젠장……! 뭔가 생각하는 거다, 나! 안 그래도 도움이 안 되는데 생각을 멈추면 진짜 보통 사람으로 전락한다고!

"그래서 어떻게 할 거죠? 히나, 성미가 느긋한 편이 아니라고요."

레키만 파루루카가 있는 곳으로 보내고…… 그러면 안 된다. 히나까지 파루루카에게 가버릴 테고, 전위 없이 우리만으로 막는 건 어렵다.

우리가 몰리게 된다.

어떻게든…… 어떻게든 저 파루루카라는 녀석의 움직임만 막을 수 있으면…… 아.

그 순간, 하늘의 계시가 나에게 내려왔다.

……있다. 딱 하나 있어.

히나의 빈틈을 찌르고 파루루카를 막을 방법이……!

이 방법에 필요한 건 모두와의 신뢰 관계와 나의 용기뿐.

그거라면 이미 갖춰져 있다!!

"알았어. 내가 너에게 갈게, 히나 씨."

"……뭐?"

내가 갑작스럽게 한 말에 레키의 눈동자가 어두워졌다.

미안해, 레키. 날 용서해.

반드시 돌아와서 이 일에 대한 보상을 잔뜩 해줄 테니까.

"어머어머어머! 진 님! 정말인가요?!"

안색이 밝아지는 히나.

정말 기쁜 모양이다. 이런 애가 왜 나 같은 사람에게 집착하는 건지 이유를 모르겠지만…… 그녀가 한 일은 용서할 수 없다.

그런 감정을 웃음으로 숨기고 난 히나에게 다가갔다.

"그래, 이러면 파루루카를 막아주는 거지?"

"네, 물론이죠! 하지만 우선은 제 옆에 와주셔야죠."

"자, 이러면 됐지?"

"파루루카~! 그만 하세요~! 식사 시간은 끝이에요~!"

난 쉽게 히나 옆까지 거리를 좁힐 수 있었다.

그것도 얼음 검을 손에 쥔 채로.

방심하게 만들고 기습하는 것도 생각했다. 하지만 나 같은 것의 공격은 쉽게 피하는 모습이 상상됐다.

그녀가 이렇게 가까이 내 접근을 허용한 것도 위협이라 생각하지 않기 때문.

그러니 내가 상대하는 건 그녀가 아니다.

"역시 진 님! 거기 있는 암여우들과는 달리 이해력이 좋아서 편해요!"

"하하, 고마워. 있잖아, 히나 씨. 이제부터 난 어떻게 되는 거야?"

"안심하세요! 마왕성에서 사이좋게 지낼 예정이에요!"

"그런가. 그럼 나도 안심하고 갈 수 있어. 하지만 그 전에 모두에게 마지막 작별 인사를 해도 될까. 지금까지 함께 시간을 보낸 동료니까."

"네, 물론! 히나는 결코 진 님이 싫어하는 일은 하지 않아요."

"고마워."

난 세 사람이 있는 곳을 향해 돌아섰다.

류시카는 믿을 수 없다고 말하고 싶은 듯한 표정으로.

유우리는 나에게 매달리는 듯한 시선을 보내고 있었다.
레키는 당장이라도 눈물을 흘릴 것 같은 것을 필사적으로 참고 있었다.
난 그중에서 류시카에게 눈짓했다.
그녀가 이번 작전의 중심인물이니까. 부탁이야, 눈치채……!
"실은 말이야, 나 모두에게 들어서 가장 기뻤던 말이 있어. 10일 전의 낮, 기억나? 내가 유우리한테 들은 말."
그 순간, 류시카가 뭔가 깨달은 듯이 턱에 손을 댔다.
유우리도 내 의도를 알아차렸는지 레키에게 다가가는 척하며 속삭였다.
"그때 잘 대답하지 못해서 지금 대답하려고 해."
이게 그녀들에게 보내는 신호다.
그녀들을 뒤에서 지원만 하던 시절에서 다시 전위로 돌아올 때다.
"난 너희를 믿어── 시작해, 류시카!"
"'전이: 진 가이스트'!"
덮쳐오는 무중력감.
몸과 의식이 엄청난 기세로 공간을 이동했다.
그리고 내가 보내진 곳에는 그야말로 신나게 날뛰고 있던 파루루카가 있었다.
"어라? 왜 당신이 여기에?"
"용사 파티의 역할은 단 하나."

난 쥐고 있던 얼음 검의 칼끝을 녀석에게 겨눴다.
“사람들을 지키는 거다.”

◇◇◇◇◇

눈에 고인 눈물을 소매로 싹싹 닦았다.
……응, 겨우 회복되기 시작했어.
진이 없어진다고 생각했더니 무기력에 빠졌지만 이제 괜찮아.
——이 여자를 쓰러뜨리는 것에 집중할 수 있다.
“당신들 제정신이에요?! 약한 진 님이 파루루카를 이길 수 있을 리가 없잖아요?!”
눈앞에 있던 진이 없어지자, 마왕의 딸은 허둥거렸다.
“그건 네가 진에 대해 아무것도 모르니까 할 수 있는 말이지.”
……그런가. 이 여자는 모르는구나. 진이 어느 정도의 실력이 있는지를.
그래서 진이 파루루카를 막기 위해 전이되는 것을 경계하지 않았다.
“뭐라고요?”
“넌 우리가 용서할 수 없는 일을 세 가지 했어.”
천천히 일어섰다.
“첫 번째. 사람들을 공격한 것.”
‘성검’을 움켜쥐었다.

"두 번째. 우리의 결혼식을 망친 것."

기분을, 감정을 폭발시켰다.

"세 번째. 우리한테서 진을 빼앗으려고 한 것……!"

"……!"

내 안에 생겨난 슬픔을, 분노를 양식으로 삼아 '성검'은 크게 성장했다.

"이런, 우릴 잊으면 곤란하지."

"우리도 마찬가지라고요……!"

내 옆에 유우리와 류시카가 나란히 섰다.

이렇게나 믿음직한 원군은 이 세상에 달리 없을 것이다.

진이 목숨을 걸고 파루루카를 맡았다.

우리도 그의 각오에 부응한다……!

"각오해, 히나. ――넌 여기까지야."

나와 파루루카는 일진일퇴의 공방전을 펼치고 있었다.

"큭……! 촐싹대기는……!"

녀석의 무기는 '드레인 터치'라는 걸 알고 있다.

지금까지 쓰러뜨려 온 서큐버스도 같은 기술을 써왔으니까.

그러니 체술을 활용해 접촉하지 못하게 하는 것만 신경 쓰면 된다.

"'라이트 볼'."
"약아빠진 짓을……!"
"이게 몇 없는 장점이라서!"
딱 하고 손가락을 튕기자, 손끝에서 빛의 구슬이 터져 시야를 빼앗았다.
위축된 틈에 얼음 검으로 피해를 주기 위해 갔지만 파루루카는 뒤로 크게 뛰어서 피해냈다.
"'플레임 불릿'!"
"'다크니스 웨이브'!"
지금이라면 맞힐 수 있을까 싶어 쏜 불꽃 탄환은 어둠에 잡아먹혀 소멸했다.
역시, 지금 실력으로는 어려운가.
그래도 다른 방법은 없다. 하는 수밖에.
"왜 그러죠? 맞지 않으면 의미가 없다고요!"
"그건 서로 마찬가지잖아!"
이 싸움을 하면서 처음으로 내가 먼저 공격에 나섰다.
"'윈드 커터'!"
"대체 몇 종류의 마법을 다룰 수 있는 건가요, 당신은……!"
"쓰러뜨리고 나면 얼마든지 가르쳐줄게."
날린 바람의 칼날을, 하늘로 날아서 피한 파루루카.
녀석을 향해 얼음 검을 투척했지만, 이것도 휙 선회해서 피했다.
여기서부터가 중요하다. 상대가 속는지에 따라 결판이 날 테니.

그래서 난 지금까지 그저 녀석이 짜증이 나도록 만들어왔다.
녀석의 식사를 방해했고, 자기보다 아래라고 깔본 녀석을 상대하는데 애먹고 있다는 사실을 자극했다.
내게 드레인 터치를 쓰게 하기 위해서.
파루루카는 내가 빈틈을 보이면 반드시 그 틈을 노릴 것이다.
"후훗, 왜 그러죠. 자포자기했나요?!"
"크, '아이스'――!"
"이미 늦었어요!"
다들 내 실력이 마왕군 간부 상대로도 통할 거라고 말했다.
하지만 요 며칠은 결혼식을 준비하느라 전법에 대해서는 전혀 배우지 않았다.
오랫동안 몸에 밴 전투 방식을 바로 바꾸는 건 어려운 일이다.
내가 할 수 있는 건, 녀석이 공격하는 틈을 노리는 것뿐.
"잡았다!"
파루루카의 손이 내 팔을 잡았다.
자, 참아내라, 진 가이스트.
내가 견뎌온 쾌락의 나날을 떠올려라.
내 무릎 위에 앉아서 위치가 안 좋다며 엉덩이를 비비는 레키와의 시간을.
일부러 큰 옷을 입어서 아침에 일어나면 옷이 흐트러진 척을 하려고 하는 류시카와의 시간을.
어디에서든 팔에 가슴을 밀착시켜 내 이성을 박박 깎는 유우리와의 시간을.

셋과 같은 침대에 있어서 전혀 못 잤던 그날 밤을!!

"이걸로 끝이에요! '드레인 터치'!"

"우오오오오오옷!"

신경을 미치게 하는 기분 좋은 감각이 덮쳐왔다.

하지만 이건 가짜다. 어차피 단순한 환상!

난 알고 있잖아?!

그녀들의 진짜 감촉을.

사랑하는 세 사람보다 쾌락을 주는 것이 이 세상에 있는가. 당연히 없지……!

그리고 무엇보다 난 동정인 채로 죽고 싶지 않아!!

"……잡았다."

빼앗긴 몸의 자유를 되찾고 이번엔 반대로 내가 파루루카의 팔을 잡았다.

훗…… 설마 그 금욕의 나날로 단련된 이성이 도움이 되는 날이 올 줄이야.

"——아닛?! 서, 설마 버틴 건가?! 나의 '드레인 터치'를?!"

"위험했어. 네가 진지하게 싸웠다면 난 졌을지도 몰라."

이건 사실이다.

하지만 '드레인 터치'는 얘기가 다르다. 상대는 날 죽일 만큼 흡수할 수 없는 상황이다.

만약 내가 죽으면 히나의 계획이 파탄 나니까.

애초에 파루루카 앞에 내가 나타나는 것부터가 변수였다. 가장 상대하기 어려운 상대였을 것이다.

"마지막에 이기는 건 나다."

그녀의 배에 향해 마법을 발동했다.

"플레임 불리이이이이잇!"

"으아아아아아아악?!"

파루루카의 몸이 연기를 내며 불탔다.

마왕군 간부가 이 정도로 죽지는 않을 거다. 기껏해야 기절하는 정도이리라.

이 틈에 상황을 정리해야 한다.

난 숨을 잔뜩 들이쉬고 그녀의 이름을 불렀다.

"류시카아!!"

다음 순간, 전이 마법의 독특한 부유감이 다시 날 덮쳤다.

"——?! 파루루카가 쓰러졌어?!"

"한눈팔 여유가 있어?"

"이런…… 크윽?!"

바로 옆으로 '성검'이 힘껏 박혔다.

히나의 피부는 아버님을 닮아 어지간해서는 베이지 않지만, 그래도 아픈 건 아프다고요!

무엇보다 성스러운 빛을 다룰 수 있는 가호를 지닌 두 사람 앞에서 빈틈을 보이는 건 좋지 않아요!

"아아, 여신이여. 구원을. 심판을. 집행을. 저 자에게 베풀라——'영혼을 멸하는 노래'."

"이런 곳에서…… 당하지 않아요!"

'성녀'가 날린 성스러운 빛을 상공으로 날아 피했다.

그러자 이번에는 아래에서 '용사'가 '성검'을 쥐고 준비하고 있었다.

"하늘에서 미소 짓는 싸움의 여신이여. 눈앞에 펼쳐진 모든 악을 무로 돌려라——."

저걸 맞으면 히나도 아버님과 똑같이 돼버려!

그것만큼은 싫어! 그런 정체성을 잃어버린 인형처럼 되고 싶지 않아!

이렇게 돼버리면 어쩔 수 없어요!

파루루카는 두고 히나만이라도 날아서 도망——.

"'전이: 진 가이스트, 파루루카'."

"다시 만났네, 히나."

——갑자기 허공에 나타난 히나의 약하고 사랑스럽고 상냥한 왕자님.

그의 팔 안에는 검게 탄 파루루카가 축 늘어져 있었다.

"데려가."

"앗, 꺅!"

진 님이 던져서 나도 모르게 받는 자세를 잡아버렸다.

……어라. 파루루카가 아직 살아있네요?

"난 동료를 소중히 여기는 착한 아이가 좋아."

"아, 알았어요!"

그렇게 말하고 그는 만족스러운 듯이 추락했다.

그걸 따라 아래로 눈을 돌린 순간, 히나는 자신의 용사를 방치했다는 걸 깨달았다.

"——'엑스칼리버'."

"꺄아아아악?! 왜 이렇게 되는 거예요오오오오오오!"

그 순간, 하얀빛의 격류가 시야를 가득 채웠다.

추락하면서 히나가 날아가는 모습을 바라본 나는, 몸을 웅크려 그녀가 받아내기 쉬운 자세를 취했다.

무섭지 않았다. 레키라면 분명 무사히 받아낼 테니까.

"읏차."

내 시야에 레키의 얼굴이 들어왔다.

그녀는 내가 무사한 것을 확인하자 후우, 숨을 내쉬었다.

"어서 와, 진."

"……그래, 다녀왔, 푸흡?!"

"와아~."

옆에서 유우리와 류시카가 달려들었다.

레키도 같이 넘어져서 그대로 짓눌렸는데 목덜미를 잡아끌려 왕복으로 따귀를 짝짝 맞았다.

"정말, 진 씨! 갑자기 그런 작전 쓰지 마세요! 심장에 안 좋았다고요!"

"그래! 여기서 싸우는 도중에 진의 비명이 들렸을 때는 어떻게 할까 싶었어."

"……억! ……엑! ……윽!"

"둘 다 진정해. 진이 말을 전혀 못 하고 있어."

레키가 중재한 덕분에 둘의 공격이 멈췄다.

주, 죽는 줄 알았네…….

이래도 일단 파루루카의 '드레인 터치'로 정기를 빨린 상태다. 더는 움직일 기운도 없다.

"레키는 괜찮아요?! 진 씨를 때리지 않아도? 제일 슬퍼했잖아요."

"난 처음부터 알아차리고 있었어. 그건 연기였어."

"그런 빤히 보이는 거짓말로 속이는 건 무리거든요?!"

유우리의 말대로다. 그 눈물이 거짓이 아니라는 건 내가 잘 알고 있다.

그래도 레키가 거짓말을 한다는 건 날 감싸주는 것일 것이다.

고맙긴 하지만, 그건 할 필요가 없는 일이다.

난 일어나서 레키를 살짝 안았다.

"……미안해. 그런 거짓말을 해서."

레키는 가족에 관한 일로 마음에 깊은 상처를 입었다.

그 사실을 알고 있는 내가 거짓말이라 해도 레키를 버리는 말과 행동을 해서 얼마나 상처를 입혔을까.

설령 그 상황에서 벗어나기 위해 필요했다고 하더라도 사과해야만 했다.

"……응, 다음에 그런 말을 하면 절대로 용서 안 해."

"약속할게. 두 번 다시 그런 말은 안 할게."

"……그럼 됐어."

그렇게 말하고 날 꼬옥 안은 레키는 얼굴을 가슴팍에 묻었다.

그런 그녀의 모습을 보고 유우리와 류시카는 안도하는 표정을 지었다.

"어~이, 진! 레키! 페리시아! 리스티아!"

싸움의 여운이 사라지고 이완된 분위기 속에서 우리를 부르는 목소리가 들렸다.

그쪽을 보니 울발트 님이 이쪽을 향해 걸어오고 있었다.

"울발트 님! 무사하셨군요!"

"음. 류시카의 전이 덕분에."

"네가 죽으면 곤란하니까. 그보다 국민들의 피해는 확인했나?"

"지금 호위들이 하는 중이라네. 싸운 뒤에 미안하네만 그대들도 협력해주겠나?"

"알겠습니다. 바로 가겠습니다."

"잘 부탁하네. 나도 하나만 확인하는 대로 왕성에 위생병을 데리고 돌아가지."

"확인? 무슨 확인이죠?"

"결혼반지 말이네. 지금까지 국왕이 이어받아 온 '용사'의 증표. 잃어버릴 순 없으니까."

히나는 내가 결혼반지를 집기 전에 습격했다. 결혼반지가 놓여 있었던 제단으로 향했고.

"진. 혹시."

"안 좋은 예감이 드는데."

"바, 바로 확인해요!"

"저기다!"

류시카가 가리킨 곳에는 제단이었던 것의 잔해가 있었다.

우린 서둘러 달려가 그 주위를 찾았다.

"……없어! 어디에도 없어!"

"그, 그 큰 나뭇조각 아래는?!"

"응. 들게."

레키가 두 동강이 난 나뭇조각을 양쪽으로 치웠다.

그러자 그 아래에는――.

"""""아아아앗~?!"""""

산산조각 난 결혼반지가 흩어져 있었다.

Epilogue

에필로그

그 기억에 남는 결혼식이 있은 지 벌써 7일이 지났다.

우리는 아직 왕성에 머무르고 있었다.

"아아~, 모처럼의 결혼식이~."

"언제까지 울고 있을 거야, 유우리. 벌써 7일이나 전이잖아."

"눈물이 안 나게 생겼나요?! 평생에 한 번뿐인 의식이 엉망이 된 것도 모자라, 그것 때문에 또 여행길에 오르는 신세가 됐는데!"

"……어쩔 수 없잖아. 그 결혼반지를 다시 만들려면 각 종족들을 다시 찾아가야 하니까."

얼마 전 마왕의 딸이라고 하는 소녀에 의해 일어난 용사 결혼식 습격 사건에서 몇 명의 사망자가 나왔다는 사실이 각국에도 전해졌다.

더불어서 마왕의 딸 때문에 대대로 '용사'를 위해 계승되어 온 결혼반지가 파괴되었다는 것도.

이에 각국의 왕은 신속한 히나 토벌을 위해 움직이겠다는 뜻을 전하고 다시 결혼반지를 만드는 것을 흔쾌히 허락했다.

결혼반지는 각 종족이 비술이 들어가기 때문에, 다시 제작하려면 반지를 들고 나라들을 전전할 수밖에 없다. 결국 다시 여행길에 나서야 한다는 뜻이다.

"평범한 결혼반지를 쓰면 되잖아요!"

"우리야 그래도 되지만, 그건 여섯 종족과 결속의 증표라는 점이 중요한 거라고. 평화의 상징을 부숴놓고 방치한다는 게 말이나 되겠어?"

"으으……! 반지가 없으니, 결혼식도 다시 할 수 없고……! 전부 그 히나라는 여자 때문이에요! 다음에 만나면 두들겨 팰 거예요……!"

"유우리가 분노에 불타고 있어."

레키의 말에 따르면 히나는 죽지 않았다고 한다.

정화(성스러운 빛으로 마족을 개심. 혹은 소멸시키는 것)된 경우에는 감각적으로 알 수 있다고 하며, 히나 같은 경우에는 그런 느낌이 없었다고 한다.

어째서인지 성스러운 빛이 효과가 없었다고 한다.

즉, 그녀는 날아가기만 했을 뿐, 아직 무사하다는 거다.

그래서 유우리가 이렇게 복수의 불꽃을 태우는 것이고.

"유우리의 마음도 물론 이해해. 뭐, 나도 완성한 새집에 가보고 싶었는데."

류시카의 말에 따르면 얼마 전에 일을 시켜둔 언데드 드라고나가 보고했다고 한다.

상당히 열심히 일했는지, 아주 훌륭한 건물이 완성된 모양이다.

"그건 나도 그래. 벌써 일주일 넘게 돌아가지 않았으니까."

"설마 돌아가기는커녕 한 번 더 여행을 떠나게 될 줄이야……."

"응. 하지만 난 좀 기대돼."

"……왜죠? 레키."

“이번엔 가족으로서 여행길에 오르는 거잖아. 분명 좋은 추억이 될 거야.”

진심으로 즐거운 듯 짐을 챙기는 레키.

우리도 언제까지고 구시렁거릴 순 없지.

느릿느릿 진행하던 우리가 짐을 싸는 속도가 빨라졌다.

“……이번엔 안 가본 길로 가는 것도 괜찮을 거 같아.”

“그럼 전 맨 먼저 물의 도시에 가고 싶어요! 그곳의 보석은 정말 아름다우니까요.”

“난 고향인 엘프 마을이 가고 싶다. 결혼했다고 보고해서 모두를 놀라게 하는 거야.”

“이것도 어떻게 보면 신혼여행.”

“그리고 모든 나라를 돌고…….”

“““““——한 번 더 결혼식을 연다!”””””

모두의 목소리가 겹쳐서 우리는 환하게 웃었다.

다들 생각하는 건 똑같은 것 같다.

“그런 식으로 결혼식을 끝낼 수는 없으니까.”

“다음엔 왕도가 아니라 진 씨의 고향에서 해요! 물론 예산은 국왕이 부담하고!”

“그거 좋은 아이디어네, 유우리. 갑자기 기대되기 시작했어.”

“다음엔 반지를 파괴당하지 않도록 새집에서 반지 교환도 하는 거야……!"

"그러고 보니……."

"응, 왜 그래, 유우리?"

"우리 맹세의 키스도 안 했죠? 그건 어떻게 할까요?"

순식간에 정적이 공간을 지배했다.

류시카는 얼굴을 새빨갛게 물들였고, 레키는 부끄러운 듯이 눈을 돌렸고, 유우리는 노골적으로 입술을 만지며 어필했다.

……아니, 역시, 그, 안 되지 않을까.

이런 분위기고 뭐고 없는 상황에 맹세의 키스를 한다니.

마음속으로 핑계를 늘어놓은 나는 후우…… 하고 숨을 내쉬고,

"내일은 울발트 님을 알현해야 하니까, 오늘은 일찍 잘까."

노골적으로 화제를 전환했다.

아니, 갑자기 하려고 해도 용기가 안 난다고!

내가 이래저래 주저하는 동안에도 레키와 모두는 평소의 자신의 포지션으로 재빠르게 이동했다.

"자, 진 씨. 빨리 오세요~."

"우리 사이에서 잘 수 있다니, 진은 행복한 사람이네."

"진, 침대에 들어와. 나, 잘 수 없어."

"……침대는 슬슬 따로 쓰는 편이 좋다고 생각하는데."

……입으로는 이렇게 말해도 난 이미 이 형태에 익숙해졌다.

이제는 가까이에 사람의 온기가 없으면 진정되지 않을 정도다.

불을 끈 나는 권하는 대로 침대 안으로 파고들었다.

"……역시 넷이 같이 있으면 좀 좁네."

"네, 그래도 가까이에 진 씨가 느껴져서 전 좋지만요."

"이런 것도 가족이 아니면 할 수 없는 값진 일이라고 생각해."

"진 위에서 자면 편하니까 신경 안 써."

"덕분에 난 항상 꼼짝도 못 하는데."

……어라? 이 상황, 엄청 안 좋지 않아?

좌우, 위에서 뜨거운 시선이 느껴진다.

"진이 겁쟁이인 건 알고 있어."

"이런 상황이 계속 이어져도 손을 대지 않으니까."

"――그래서 다 같이 이야기해서 정했어요."

어둠 속에서 어렴풋이 울리는 물소리.

볼에 부드러운 것이 닿았다.

이 세상에서 나만이 누릴 수 있는 행복한 감촉.

"……저희가 할 테니까 도망치지 마세요, 서방님."

"다음엔 네가 해주는 걸 기대하고 있으니까."

"……행복한 결혼 생활을 하자, 여보."

Afterword

후기

안녕하찌찌! (싹싹한 인사)

처음 뵙겠습니다, 키노메입니다. 아마 첫 문장의 인사로 알아보신 분은 다른 작품을 사주셨겠죠. 오랜만입니다.

이번에 '용사 파티에서 잘려서 고향에 돌아갔더니 멤버 전원이 따라왔다만'을 구매해 주셔서 감사합니다.

본 작품은 카쿠요무라는 소설 투고 사이트에서 투고하던 것을 가필 · 수정한 작품이며 인연이 되어 스니커 문고에서 책을 내주셨습니다.

이미 내용을 읽으신 분은 아시겠지만, 본 작품의 특징은 거리낌 없이 마구 날뛰는 히로인들과 그것을 받아주는(혹은 받아넘기는) 주인공이 주고받는 대화라고 생각합니다.

제가 옛날부터 사람을 웃기는 걸 정말 좋아해서.

수학여행에 가서 장기자랑을 할 때는 여학생인 친구에게 교복을 빌려서 여장한 채로 춤을 추거나, 문화제 때는 온통 녹색인 양복을 입고 여자 두 명에게 몽둥이로 엉덩이를 맞는 등의 개그를 선보일 정도로 앞에 나서서 사람을 웃기는 걸 좋아합니다.

학생 시절에 경험한 플레이 이야기가 아닙니다. 정말입니다. 그저 사람을 웃기는 걸 좋아한다는 사실을 추억을 곁들여 전하고 싶었을 뿐입니다.

믿어주세요.

그래서 본 작품을 다 읽은 여러분이 웃으면서 책을 덮을 수 있도록 힘껏 재미있는 대화를 묘사했습니다.

생기 넘치는 등장인물들의 매력이 여러분에게 전해졌다면 이보다 더한 기쁨은 없습니다.

하렘 러브코미디인 이 작품에서 여러분에게도 최애가 생겼길 바랍니다.

자, 다른 이야기인데 여러분은 올해 여름을 어떻게 지내셨나요.

이 책이 발매될 무렵에는 가을이 되어 있을 것 같은데 모처럼이니 저의 여름의 추억 이야기라도 하게 해주세요.

전 이번 여름에 고향의 바다로 놀러 갔습니다.

무엇 때문에? 물론 예쁜 수영복을 입은 여자애를 보러 가기 위해서죠.

육감적이고 포동포동한 허벅지. 부끄러운 듯이 후드티를 벗는 모습.

무엇보다도 터질 듯한 가스으으으음!!

참을 수 없을 정도로 좋았습니다. 난 이걸 위해 살고 있구나 하고 성을. 실례했습니다. 살고 있구나 하고 정력을. 죄송합니다, 수정하겠습니다.

살아있음을 실감했습니다.

다른 작품을 아는 분은 물론 알고 계실 거라 생각합니다만, 전 세끼 밥보다 가슴을 정말 좋아해서 개방적으로 되는 이 시기는 꽤 좋아합니다.

물론 덥긴 하지만 무더위는 어쩔 수 없다는 느낌으로 체념했습니다, 크하하!

분위기가 싸늘해졌네요. 딱 시원해지지 않았을까요.

하던 이야기로 돌아와서, 네. 여름의 추억입니다.

전 바다로 갔는데, 거기서 놀랍게도 헌팅을 당했습니다. 인생을 살면서 처음이라 정말 깜짝 놀랐습니다.

그것도 상대가 골짜기의 점이 야한 갈색 머리 거유 누님이었기 때문입니다.

어? 이런 누님이 나를……? 이렇게 생각하며 몇 번이나 꿈이 아닌가 하고 의심했죠.

네, 뭐, 그 의심대로 지금까지 한 얘기는 전부 꿈 이야기지만요.

저의 여름은 전부 집필로 사라졌습니다. 보고 있었던 것도 글자가 잔뜩 비친 모니터와 책상에 쌓인 에너지 드링크와 영양 드링크의 캔과 병의 산입니다.

슬프네요. 내년에야말로 다른 추억을 만들고 싶습니다.

참고로 앞서 말한 학생 시절의 플레이는 진짜입니다. 착각했습니다. 추억은 진짜입니다.

자 그럼, 저의 쓸쓸했던 여름에 대해서도 다 썼고, 슬슬 페이지 수도 얼마 안 남았으니 감사 인사로 넘어가겠습니다.

담당편집 N님. 서적화 제안&도움, 감사합니다.

프로토타입에서 5할 이상 다시 쓰게 되었지만, 함께 스토리를 생각해주신 덕분에 더욱 재밌는 작품이 되었습니다.

일러스트 담당인 노조미 선생님.

귀여움이 듬뿍 담긴 일러스트. 히로인의 매력을 끌어내는 복장 디자인을 그려주셔서 감사합니다.

노조미 선생님 덕분에 독자분들이 그녀들을 더더욱 좋아하게 되었다고 생각합니다.

그리고 교정자님, 디자이너님, 인쇄사님. 다양한 분들의 도움을 받아 이 작품을 모두에게 전해줄 수 있었습니다.

마지막으로 여기까지 함께하신 독자 여러분.

이 작품을 사주셔서 거듭거듭 감사드립니다.

여러분이 재밌게 봤다고 느껴주시면 좋겠습니다.

이 작품의 등장인물들과 함께 독자 여러분과 다시 만날 날을 기대하고 있습니다.

그러면 이만 마무리하겠습니다.

키노메

一巻発売
おめでとう
ございます！
レキちゃん、
いっぱい食べそう
な所が可愛い
です……!!
2023.9.29
Nozomi

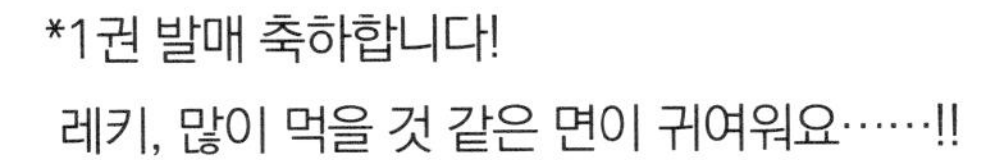
*1권 발매 축하합니다!
레키, 많이 먹을 것 같은 면이 귀여워요……!!

용사 파티에서 잘려서 고향에 돌아갔더니 멤버 전원이 따라왔다만 1

2025년 1월 15일 1판 1쇄 발행

저 자 키노메
일러스트 노조미
옮긴이 박정철
발행인 유재옥
이 사 조병권
출판본부장 박광운
편집 2팀 정영길 박치우 조찬희
편집 3팀 오준영 권진영 이소의 정지원
디자인랩팀 김보라 이민서
디지털사업팀 김경태 김지연 윤희진
콘텐츠기획팀 박상섭 강선화
라이츠사업팀 김정미 이윤서
영업마케팅팀 최원석 이다은 윤아림
물류팀 허석용 백철기
경영지원팀 최정연
인쇄제작처 ㈜코리아피엔피
발행처 ㈜소미미디어
등록 제2015-000008호
주소 서울시 마포구 토정로222, 502호 (신수동, 한국출판콘텐츠센터)
판매 및 마케팅 (070) 8822-2301

ISBN 979-11-384-8548-7
ISBN 979-11-384-8547-0 (세트)